준비하는 삶

준비하는 삶

초판 1쇄 발행 | 2017년 10월 12일

지은이 | 강지원
펴낸이 | 공상숙
펴낸곳 | 마음세상

주 소 | 경기도 파주시 한빛로 70 507-204

신고번호 | 제406-2011-000024호
신고일자 | 2011년 3월 7일

ISBN | 979-11-5636-140-4 (03810)

원고 투고 | maumsesang@nate.com

ⓒ강지원, 2017

* 값 13,000원

* 이 책은 저작권법에 따라 보호 받는 저작물이므로 무단 전재와 복제를 금지합니다. 이 책의 내용 전부나 일부를 이용하려면 반드시 저자와 마음세상의 서면 동의를 받아야 합니다.

* 마음세상은 삶의 감동을 이끌어내는 진솔한 책을 발간하고 있습니다. 참신한 원고와 번뜩이는 아이디어가 있으시다면 망설이지 마시고 연락주세요.

국립중앙도서관 출판예정도서목록(CIP)

준비하는 삶 : 퇴직 후 나의 모습을 상상해보자 / 지은이:
강지원. – 파주 : 마음세상, 2017
  p. ; cm

ISBN 979-11-5636-140-4 03810 : ₩13000

수기(글)[手記]

818-KDC6
895.785-DDC23   CIP2017022751

준비하는 삶

강지원 지음

마음세상

들어가는 글

《내 아이를 위한 감정코칭》《초등고전 읽기 혁명》이 독서 리더과정 들어가기 전의 필독서였다. 이 책들을 읽으면서 얼마나 마음이 아프고 눈물이 났는지 모른다.

누구보다 열심히 했고, 일은 잘한다는 소리는 들었지만, 엄마가 가장 필요한 시기에 아이들은 어린이집에 맡기고 제시간에 데리러 가지도 않고 오로지 직장에만 신경을 쓰면서 지내왔다. 그런데 남들은 경력만 쌓이면 무난히 할 수 있는 승진이 뒤로 밀리게 되었다. 사유는 남편이 행정사무관으로 승진됐으니 부부는 승진이 불가하다는 것이었다.

아무리 생각해도 이해가 되지 않았고 현실이 싫어졌고 모든 게 귀찮았다. 2년 정도 우울증이 올 정도로 직장생활에 회의가 들었다. 내가 남들보다 먼저 승진을 시켜달라는 것도 아니었고, 승진할 시기에 말도 안 되는 사유로 승진에 제외된다고 하니 어이가 없고 하소연할 때도 없었다. 책에는 '꿈이 있으면 안 되는 것이 없다.'고 한다. 하고자 하면 안되는 게 없고 책에 답이 있다고 해서 열심히 읽어봤지만 아무 소용이 없었다. 어디에도 나 같은 사례도 없었고, 방법을 찾을 수가 없었다. 죽을힘을 다해서 노력하면 안 되는 게 없다고 했는데 이럴 땐 어떻게 해야 하는지 알 수가 없었다. 천안에 있는 교육원에서 여성인권위원회라는 배너가 눈에 띄었다. 들어가서 얘기해 보고 싶었다. 부산 우정청만 이렇게 하는 것에 관해 얘기하고 해결책을 찾고 싶었다. 아니, 어디든 내 얘기를 하고 싶은 데를 찾았지만, 용기가 나지 않았다. 우체국이라는 나를 보호해 주는 울타리를 벗어나서는 할 수 있는 게 아무것도 준비된 것이 없었고, 남편이 같은 직장에 다니고 있으니, 혹시나 좋지 않은 일이 생길까 우려하는 마음이 있어서 선뜻 결정을 못 했다. 걸어가면서 계속 그 방향으로 고개만 돌리고 지나갔다. 마음 같으면 당장에라도 그만두고 다른 데 가고 싶었지만, 공무원 생활 30년 이상 근무했는데도 그럴 용기를 실천할 만한 준비가 아무것도 되어 있지 못했다.

술을 잘 마시는 사람이 일을 잘한다고 얘기하던 시절에 여자지만 회식을 하면 마지막까지 남아서 회식 분위기에 신경을 썼다. 예전에는 1차에서 끝나지 않고 2차로 노래방에 자주 갔다. 노래방에서 나는 술에 취하지 않으면 흥이 나지 않아 재미가 없었다. 재미있게 놀아야 직원들 분위기도 맞출 수 있는데 멀쩡한 정신에는 자신이 없어서 다른 직원들은 모르게 맥주에 소주를 타서 혼자서 뒤에서 몇 잔씩 더 마셔도 술에 취하지 않을 정도로 술이 센 편이다.

남편과 나는 둘 다 늦둥이로 태어나서 부모님이 일찍 돌아가서 아이를 봐줄 사람도 없었다. 아침마다 엄마의 곁을 떨어지지 않으려고 하는 아이들을 어린이집으로 억지로 떼어놓고 나왔다. 매일 울면서 출근했다. 그러면서도 우리는 직장 사람들 분위기를 맞추려고 기다리는 아이들은 생각지도 않고 마지막까지 남아서 직원들 다 보내고 집에 갔다. 남편은 거의 새벽 2시 이전에는 집에 들어오지 않았다. 남편과 나는 직장 일이 전부인 양 흔히 말하는 충성을 다 했다. 아이들이나 가정보다는 남들에게 어떻게 하면 인정받을까 하는 끝도 없는 도전을 매일 하며 지금까지 왔다. 둘째 아이는 일요일에 출산했다. 양가 부모님이 계시지 않고 사정상 병실을 지켜줄 사람은 남편뿐인데 남편은 그날도 사무실에 갔다. 직장 상사가 "애는 마누라가 낳지 네가 낳냐?"라고 말하자 뒤도 안돌아 보고 갔다. 그때는 그런 시절이었다.

고아도 아니면서 고아처럼 외롭게 병실을 지켰다. 같은 병실에 있던 어떤 분이 "고아십니까?" 하고 묻기도 했다. 고아는 아니었지만 고아처럼 거의 지냈다. 열심히 직장만 바라보고 달려왔지만, 아무것도 준비되지 않고 은퇴할 날이 10년도 안 남았다. 그동안 도대체 뭐 하고 지냈는지 돌아보면 한심하다. 직장생활을 하면서도 자기계발에 신경을 쓰지 않은 건 아니다. 하지만 내가 뭘 좋아하는지, 뭘 하고 싶은지도 모르고 무작정 남들이 하는 것과 눈에 보이는 것에 목표도 없이 열심히만 해왔다. 공무원 생활을 하면서 다하지 못했던 대학교도 졸업했고, 새벽에는 학원도 다녔다.

무작정 놀기만 한 것은 아니다. 그런데도 우체국이라는 명함을 던지고 나면 아무것도 생각할 수도 없다. 결국은 내가 하고 싶어서 한 것이 아니고 우체국 생활을 하면서 남들에게 보이기 위한 과정이었다. 누구에게나 당당하고 싶은 내 자존심밖에 없었다. 학력을 기록할 때 고졸이라고 적는 것이 싫어서 대학에 다녔고, 누군가에게 외국어 하나라도 잘한다는 소리를 듣고 싶어 학원에 다녔다. 난 최소한 다른 직원들보다 스펙에서 밀리지 않고 싶어서 시간을 아끼며 힘들게 생활했다.

베스트셀러는 읽지 않아도 샀다. 책표지 앞면과 뒷면을 보고 누가 물으면 당당하게 읽었다고 얘기했다. 책을 많이 읽으면 삶이 변한다고 하는데 난 그대로였다. 책 속에 길이 있다고 하지만 막상 갈림길에 있을 때 아무런 도움이 되지 못했다. 읽기만 읽고 적용이 없는 독서는 읽지 않는 것과 같다. 권수만 늘이는 독서법은 아무런 도움이 되지 못했다. 책을 읽고 깨달음과 실제 내 생활에 적용할 생각을 못 했다. 아무 효과도 없는 독서를 해왔다. 제목도 주제도 내용도 기억 못 하면서 독서가 어떻게 해결책 될 수 있겠는가.

열심히 살아왔는데도 세상에 답이 없는 것이 답답했고 세상을 살아가는 것이 무의미했고 앞으로 왜 살아야 하는지 별로 즐겁지가 않았고 짜증만 날 뿐이었다. 그렇게 일할 의욕과 의미도 없이 지내던 어느 날, 남편이 바인더를 예쁘게 장식하며 적고 있는 것을 보았다. 눈에 띄었고 궁금했다.

"그게 뭔데?"

남편은 짧게 대답했다.

"수첩."

바인더가 색깔별로 테두리도 둘러져 있고, 목표, 사명 등이 적혀 있었고 그동안 받은 상장도 같이 관리하고 있었다. 신기했다. 남편은 나한테는 말도 안 하고 큰아들과 통화했다. "아빠가 수업료를 대신 냈으니 가서 수업만 받으면 된다."고 하면서 전화를 끊었다.

무슨 교육이길래 아들한테는 배우라고 하고 나한테는 말을 안 하는지 궁금했다. 나중에 알고 보니 수강료가 비싸서 내가 돈 많이 쓴다고 짜증낼까 봐 말도 못 하고 있었던 것이었다. 바인더가 끌렸고. 계속 어떻게 쓰는지 궁금해서 사용법을 물었다. 그랬더니 남편은 독서 모임이 있으니 따라가자고 했다. 호기심에 같이 가게 되었고, 거기서 3P 바인더를 알게 되었다. 여태까지 어학을 빼고는 돈을 주고 배워본 적이 없던 터라 강의료가 엄청 비싼 것 같았다. 강의를 듣지 않고 우선 인터넷으로 바인더만 샀다. 혼자서 적어보니 재미도 있고 생활도 알찬 느낌도 들었다. 별로 잘 적지도 않았는데 사무실에 가면 직원들이 관심을 자주 보였다. 바인더에 대해 더 정확하게 사용법을 배우고 제대로 적어보고 싶었다.

그러던 중 《현장 본(본 것) 깨(깨달은 것) 적(적용한 것)》의 저자 강의가 있었다. 남편과 같이 부전동에서 열리는 강의실로 갔다. 《현장 본깨적》 내용 중에 독서에 대한 새로운 방법이 신선했고 무엇보다 강의에 참석한 사람들이 활기차고 생기도 있어 보이고, 사람 사는 것 같았다. 배우고자 하는 열정 또한 대단했다. 평소에 내가 만나고 보았던 사람들과는 좀 달라보였다. 그것이 나의 인생 터닝포인트였던 것 같다.

책을 보고 '본(본 것) 깨(깨달은 것) 적(적용한 것)'을 적용하면서 삶이 변화되는 것을 느꼈다. 사는 것 같았다. 남에게 보이기 위한 것이 아니라, 내가 필요로 하고 좋아하는 것에 대해 감이 왔다. 꿈이 생기기 시작했고 내 삶이 변화할 수 있다는 것을 스스로 조금씩 느낄 수 있었다. 생각이 바뀌면 행동이 바뀌고 행동이 바뀌면 습관이 바뀐다는 말이 있다. 좋은 습관이 생기면 내가 할 수 있는 일을 편하게 할 수 있게 도와준다. 책을 보고 삶에 적용하면서 습관이 바뀌고 있다. 내가 바뀌어 감을 실감하게 되는 순간, 직장만 바라보는 직원들에게 공유하고 싶었다. 수시로 아침 CS(고객 만족) 시간을 활용하여 직원들에게 얘기를 전해준다.

'오로지 직장이 인생 전부인 것처럼 생활하면서 나를 바라보지 못하고 흘러가는 세월에 떠밀려 살다가 후회가 남는 그런 인생을 살지 않았으면 좋겠다'고.

가족, 친구 자신이 무엇을 필요로 하는지 한 번도 생각해 본 적이 없다. 내가 원하는 것도 무엇인지 몰랐고, 가족과 친구가 소중하다는 것도 깨닫지 못했다. 내가 누구인지를 먼저 알아야 모든 것을 해결 할 수 있다. 우선에 나를 마주하는 시간을 갖자.

들어가는 글 … 9

제1장 지금 대한민국은

평균수명 100세 시대 … 17

준비 없는 중년, 무너지는 노후 … 21

발등의 불 끄기, 바쁜 젊음 … 27

미래를 준비할 틈이 없다 … 34

변화에 따라가기도 바쁘다 … 39

제2장 준비 없는 삶

먹고 살기 바쁜 세상 … 44

지금에 집중하다 … 48

자식 교육에 올인하는 시대 … 54

30년 노후 생활 … 59

달려오다 보니 은퇴가 보인다 … 64

후회만 하고 있다 … 69

미래가 어떻게 될까? … 74

제3장 준비하는 삶

독서로 시간 관리, 자기관리, 목표관리 … 79

도전해 보자. 오르지 못할 게 없다 … 84

나의 응원자는 가족이다 … 88

언제든지 떠나고 싶을 때 배낭 하나로 떠날 준비를 하자 … 93

밤늦게, 새벽까지 같이 놀아줄 친구를 만들자 … 97

새로운 일을 찾아서 공부하자 … 103

건강이 제일, 운동은 기본 ··· 110

주변을 깨끗이 정리정돈 해 보자 ··· 114

공부해서 남 주자 ··· 118

나만의 취미활동 하기 ··· 122

나를 돌아볼 수 있는 글쓰기 ··· 126

제4장 왜 준비해야 하는가

은퇴 후 남은 시간 ··· 133

공허한 삶의 끝자락 ··· 138

사람, 돈, 일 삼박자를 갖춰야 ··· 143

언제나 끝이 중요하다 ··· 149

결국은 혼자다 ··· 154

마지막을 준비하는 여유 ··· 159

준비하지 못한 사람들의 불행 ··· 162

준비한 사람 VS 준비하지 못한 사람 ··· 168

제5장 아름다운 인생을 위하여

모든 준비를 다 갖출 순 없다 ··· 173

내 삶을 대하는 태도 ··· 177

조금은 진지해질 필요가 있다 ··· 182

준비는 행복한 삶을 약속한다 ··· 186

잊고 있었던 내 꿈을 찾아서 행복의 희망을 가져보자 ··· 191

후회가 남지 않는 아름다운 인생을 위하여 ··· 195

마치는 글 ··· 198

제1장
지금 대한민국은

평균수명 100세 시대

한국인 평균수명이 10년마다 4.6세씩 증가하고 있다. 현재 전체 인구의 11%를 차지하고 있는 고령 인구가 2050년에는 4배로 늘어나 38.2%가 될 전망이다. 2018년에 전체 인구의 14% 이상을 차지하면서 '고령화 사회'로 진입하고 2026년에는 전체 인구의 20%를 넘어 '초고령 사회'에 접어들 것으로 전망했다. 우리나라는 세계에서 가장 빠르게 고령화가 진행되고 있다.

수명이 길어지면서 정하는 청년 기준 나이도 점점 높아져 지금은 보통 39세까지를 청년으로 본다고 한다. 1950년대 기성 세대를 보면 현업에서 물러나 10년쯤 살다가 자연으로 돌아가는 것이 일반적이다. 그래서 장수의 징표로 환갑잔치를 했다. 하지만 지금은 칠순 잔치도 하기가 어색할 정도다.

고령화 사회는 부양할 사람은 적고 부양받을 사람은 많아지고 있다. 1970년대에는 17명의 젊은이가 1명의 노인을 부양했으나 저출산 등으로 인해 2030년에는 2.8명이 1명의 노인을 부양하게 될 것으로 전망된다. 과연 젊은이들이 자신의 부모를 부양할 수 있을까?

노인들을 위한 연금 및 의료 등의 복지로 세금폭탄을 짊어지는 상황에서 먹고살기도 바쁜데 자녀에게 봉양을 받겠다는 마음을 버리고 스스로 은퇴를 준비하는 것이 필요하다.

통계청의 '2014년 고령자 통계'를 보면 베이비붐 세대(1955~1963년 출생)를 포함한 준고령자(55~64세)들은 평균 49세에 직장을 그만뒀다. 평균 근속기간은 15년, 30년 버틴 비율은 15.4%에 그쳤으며, 7.6%만 정년을 채웠다.

'그동안 열심히 일한 것이 얼마인데 은퇴 후 생활자금 정도 못 모을까. 노후자금을 모을 필요 없이 열심히 일하다 보면 돈은 자연스럽게 모이게 되어 있다!'고 생각하는 사람들이 있을 것이다. 나도 그랬다. 하지만 급격한 경제변화로 부동산 시장은 더 안전하지 않다. 저금리로 인해 은행 또한 좋은 투자처가 되지 못하고 다변화 사회에서 평생 고용이라는 말은 없다. 40년 열심히 일한다고 노후를 보낼 자금이 저절로 굴러오지 않는다는 말이다.

우리나라 베이비붐 세대의 은퇴 자산을 조사한 결과 순 자산이 3억도 안 된다는 통계치가 나왔다. 조사에 참여한 응답자 중 부동산과 금융자산(부채포함)을 합친 보유자산이 3억 미만인 경우가 50.9%로 절반이 넘었다. 3억 이상 5억 미만 20.1%, 5억 이상은 23.8%에 그쳤다. 결국 우리나라 베이비붐 세대는 원하는 노후를 보내기가 그만큼 힘들다는 말이다. 백세시대를 맞아 우리는 수명이 연장된 만큼 길어지는 노후생활을 안정적으로 보낼 수 있을지 생각해야 한다. 준비 없이 늘어난 삶에 대해 걱정이 된다. 은퇴와 함께 허탈함과 우울감에 빠질 수 있다. 결국, 노후는 우리 스스로 준비할 수밖에 없다.

직장에서 '50대 생애 설계'라는 교육 과목을 신설했다. 교육 때마다 신청한 인원이 많아서 수강하기가 어렵다. 100세 인생이라는 것을 우리는 알고 있기에 관심이 많다. 교육만 받는다고 되는 것이 아니다. 교육 효과는 3일 이상 가지 못한다. 며칠은 생각하다가. '어떻게 되겠지!' '설마 살 방법이 있지 않을까.' '그때 가서 생각하지, 뭐.' 이렇게 결론을 내리고 평소처럼 지낸다. 물론 나도 그런 사람들 중의 한 사람이다. 교육 내용도 그다지 실감이 나지 않는다. 나와는 거리가 먼 딴 세상의 이야기 같다. 난 다른 사람들과는 다르게 잘 살 수 있을 것으로 생각한다. 준비도 하지 않으면서 무슨 배짱인지 모른다. 아직 노후 준비에 대한 필요성을 생각하지 못하고 있다. 불과 몇 년 안 된 직장 생활이었던 것 같은데 아무 생각 없이 직장과 집을 왔다 갔다 하면 어느새 은퇴할 때를 맞이한다.

은퇴한 선배들은 "직장 다닐 때가 최고다!"라는 말을 많이 한다. 하루 세 끼를 다 먹는다고 배우자에게 타박을 받는다고 웃으며 얘기한다. 나도 몇 년 있으면 은퇴를 한다. 직장 다니는 후배를 보며 부러워하는 삶을 살고 있을까? 아니면 은퇴가 끝이 아닌 새로운 인생으로 시작하고 있을까?

우리는 모두 행복한 노후를 꿈꾼다. 미리 준비도 하지 않고 남과는 다른 인생을 생각한다. 나는 변함이 없는 인생을 살면서 뭔가 다른 세상이 기다린다고 착각을 한다. 은퇴가 코 앞에 닥쳐서 은퇴 생활에 대해 걱정을 한다. 일이 없이 놀기만 하고 지내기는 은퇴 후 살아가야 할 세월이 길다. 그 세월은 우리가 살아야 할 현실이다.

불과 십 년 전만 해도 100세 인생은 상상도 하지 못했다. 100세 인생이 축복이 될지, 불행이 될지는 내가 선택할 문제다. 백세시대 가장 큰 문제는 노후 생활이다. 일하는 기간은 예전과 같은데 노후가 길어지면서 은퇴 후 30년이란 세월을 더 보내야 한다. 또한, 은퇴 시기도 점점 빨라지고 있다.

이제 노후 준비는 내 일이 아니라고 넘겨버릴 시대는 아니다. 노후는 미리 계획되어야 한다. 막연하게 행복한 노후를 보내겠다는 꿈이 아니라 노후를 어떻게 살 것인지 구체적으로 생각하고 준비해야 한다. '젊을 때 고생은 사서도 한다.'라는 말이 있다. 늙었을 때 고생을 안 하고 지내려면 젊었을 때 그만한 준비를 한 사람만이 누릴 수 있다. 은퇴 후에도 먹고 살기 위해서 안 하면 안 되는 일을 해야 할까? 내가 즐기면서 하고 싶은 일을 하면서 살까? 누가 대신 선택해 줄 수 있는 것이 아니라 나 스스로 준비하지 않으면 안 된다.

장수는 누릴 수 있으면 축복이고 누릴 수 없으면 재앙이다. 나이가 들수록 건강과 삶의 질은 나빠진다. 꿈도 없이 세월에 떠밀려 사는 사람은 희망이 있고 즐기면서 살아가는 사람보다 빨리 늙을 수밖에 없다고 생각한다.

사람들은 더 늙고 아프기 전에 죽고 싶다는 사람도 있다. 죽을 날만 기다리며 가치 없는 삶이 되지 않도록 하려면 끊임없이 꿈을 찾고 목표를 향해 노력해야 한다.

75세까지는 노인이지만 젊은 노인이다. 언니도 74세인데 아직 젊어 보인다. 살아야 할 인생이 많이 남아 있다. 인생을 전 후반으로 나눈다면 100세를 기준으로 50세까지는 전반전이다. 후반전도 아닌 전반전인 사람, 이제 막 후반을 들어선 사람들이 준비 없이 어떻게 인생을 즐기면서 살 수 있을까?

1971년생 기준으로 남성은 94세까지 여성은 96세까지 살 수 있다고 한다. 1980년대 이후에 태어난 사람은 100세를 가정할 때 우리는 은퇴 후 몇 년을 더 살 수 있을까? 죽기 전에 꿈을 이루고 싶은 생각을 해야 하지 않을까? 우리는 아직 은퇴 준비를 맞을 사회적 분위기가 부족하다. 하루라도 빨리 나 자신을 진지하게 마주 보며 생각하는 시간이 필요하다.

준비 없는 중년,
무너지는 노후

중년에 준비하지 않으면, 노후는 당연히 무너질 수밖에 없다. 옛날에는 젊을 때 돈을 벌고 고생해서 자식들을 키워놓으면 애들이 그나마 부모들을 모시고 살았다. 우리는 자식들과 함께 사는 것은 거의 불가능하다고 봐야 한다. 과연 부모를 봉양할 사람이 얼마나 될까? 얼마 전에 큰아들이 이렇게 물었다.

"엄마, 아빠는 나이 더 들면 어디에서 사실 거예요? 시골? 아니면 여기서 그대로?"

아들은 당연한 듯 물어본 것인데 우리는 머리를 한 대 얻어맞은 것 같았다. 한 번도 우리의 미래를 생각해 본 적이 없었다. 서운한 마음도 있었지만 준비하고 있지 않은 우리 자신을 보게 되었다. 지금은 부모와 같이 살고 부양할 거라는 생각을 하는 자식은 드물다고 본다. 우리 자신 또한 자녀에게 의지하고 살기에는 살아가야 할 날이 길다.

재산이 아무리 많더라도 건강하지 않으면 아무 소용이 없고, 아무리 건강하다고 해도 돈이 없으면 안 된다. 서로 보완이 되어야 한다. 돈, 건강이 다 있다 해도 내 옆에 사람이 없으면 또 외롭게 보낼 수밖에 없다. 생각해 보면 준비해야 될 일이 많다. 마음만 급하다.

큰언니의 나이가 74세다. 내가 늦둥이로 태어나서 나이 차이가 많이 난다. 언니는 3년 전에 형부가 교통사고로 세상을 떠나고 2년 정도 우울증 증세가 있었다. 조카들은 효자, 효녀. 그렇지만 직장이 있다 보니 같이 살지 못한다. 언니는 부산에 살고, 아들 둘은 포항에 살고 있고 딸은 서울에서 중학교 교사로 일하고 있다. 혼자 살기 힘들어 아들이 있는 포항으로 이사한지 얼마 되지 않았다. 아무리 자식들이 잘 챙겨도 같이 사는 일은 드물다.

언니는 취미 활동으로 자전거 동호회에 가입해서 거의 매일 자전거를 타러 멀리 놀러 다니고 즐겁게 살았다. 형부가 곁에 있는 울타리 안에서 아무 준비도 없이 살다가 하루아침에 형부가 없는 세상에서 살고 있다. 지금까지 가진 것 어떤 것보다도 소중한 것을 잃은 슬픔에 우리가 상상도 못 할 정도로 아픔으로 남는다고 한다. 자식이 용돈도 챙겨주고 전화로 자주 안부도 물어보지만, 남편이 벌어다 주는 돈으로 사는 것과는 아주 다르다. 언니는 경제적인 능력이 없다. 그 이유 하나만으로도 언니는 위축이 되고 앞으로의 날이 걱정된다고 한다.

엄마를 생각해 본다. 엄마는 오로지 자식들을 먹여 살리느라 당신의 몸은 돌보지도 못하고 행상을 하며 열심히 일했다. 매일 힘들게 일했지만, 모아놓은 돈도 없고 건강까지 좋지 않았다. 내가 바쁘다는 이유로 나를 위해 희생만 한 엄마를 생각해 주지 못한다. 건강이 좋지 않았던 엄마를 형제 중에 누구 하나 편하게 모실 수 있는 자식이 없었다. 병원에 입원하셨을 때에도 모두가 먹고살기 바쁘다 보니 책임질 상황이 되지 못했다. 내가 보는 엄마는 불행의 연속인 삶만 사셨다.

한번은 우연히 엄마와 남녀 간의 사랑 얘기를 한 적이 있다. 엄마는 왠지 남녀 간의 사랑은 전혀 모르는 줄 알았다. 드라마를 보면서 엄마와 대화를 하다가 엄마가 "사랑하는 모양이다." 라고 말씀하실 때 그 '사랑'이라는 단어가 생소했다. 그래서 "엄마가 사랑도 아세요?" 이렇게 물었다.

난 엄마를 엄마 이외에는 아무것도 보지 못했다. 부모님이 학교에 방문해야 하는 때가 오면 난 제일 속이 상했다. 애들이 "너는 할머니가 오시네." 이렇게 말을 하는 자체도 싫었고 꾸미지 않고 가난해 보였던 엄마가 싫었다. 친구들 앞에 엄마는 당당한 엄마가 아니었고 언제나 숨기고 싶은 엄마였다. 엄마는 엄마일 뿐 그 외는 아무것도 없었다. 한 인격체로도 보지 못했다. 늘 희생만 하다가 엄마의 인생은 한 번도 살아보지 못하고 돌아가신 것 같다. 하지만 친구의 부모님은 달랐다. 집이 부자였다. 아버지는 사업을 하셨고, 엄마는 예쁘고 젊으셨다. 같은 시대에 살면서 한 번도 당신을 위해 살아보지 못하시고 세상을 떠나신 엄마가 불쌍했다. 하루 벌어 하루 먹기 바빴고 나이가 들었을 때도 다 큰 자식들 뒤에서 큰소리도 한 번 못 내시고 지내셨던 것 같다.

엄마는 말씀하셨다. "너는 나같이 살지 마라." 하지만 우리도 지금 사는 것은 엄마와 다르다고 할 수 없다. 엄마 세대 만큼 고생은 하지는 않지만 나도 나를 위한 인생은 살아보지 못하는 것은 같다.

노후에는 부부끼리 사는 가정이 많다. 그나마 부부가 같이 오랫동안 지낼 수 있으면 다행이다. 고령화의 진행 속도가 빠른 우리나라는 독거노인들도 많고, 생활고에 힘들어하는 분들이 많다.

'빨리 죽고 싶다.'는 3대 농담 중에 하나라고 한다. 말은 오래 살고 싶지 않다고 하지만 모두 오래 살기를 원하는 건 마찬가지일 거라고 생각한다. 장수를 원하지만, 과연 장수가 나에게는 축복이 될지 불행이 될지 알 수 없는 일이다. 노후에 대한 복지제도가 그다지 좋은 편이 아니다보니 준비되지 않은 장수시대는 불행이 예견된다. 눈 앞에 당장 보이지 않고 왠지 나와는 거리가 있는 이야기 같아서 생각하지 않고 있다가 정작 준비하지 못한 노후를 맞이하게 되는 것 같다. 늦다고 생각할 때가 빠르다. 하루빨리 스스로 '준비하는 삶'을 살고 있는지 돌아볼 필요가 있다. 아니면 우리 부모님처럼 또 그렇게 허무하게 보내다가 시간이 다 지나가 버릴 것이다.

직장생활을 30년 가까이 하다 보면 다른 일에 적응하기가 어렵다. 나를 보호해 주는 울타리에서 벗어나 새로운 준비를 하려면 적응 기간이 필요하다. 최소 10년 이상은 걸린다. 미리 준비하면 직장생활이 보탬이 되어 시너지 효과가 되지만 준비하지 않으면 새로운 것에 대한 시도만 하다가 허무하게 세월만 가 버린다.

한때 세간을 들썩하게 만든 알파고의 등장은 충격적이었고 인간 게놈 지도 완성으로 유전자 분석이 가능해져 알파에이지 시대가 오고 있다는 것을 접하였을 때는 혼란스럽고 걱정도 된다. 우리는 노후 준비라고 하면 돈만 모으면 된다는 생각을 한다. 알파에이지 시대에는 돈만 준비되면 된다는 식의 안이한 생각이 아닌 여러 가지 방면으로 삶을 설계해야 노후를 즐겁게 보낼 수 있을 것이다.

노후 준비는 이제 남의 얘기가 아니다. '사오정' '오륙도'라는 풍자어가 있듯이 60세가 넘으면 대부분이 은퇴한다. 은퇴 시기는 짧아지고 노후시간은 늘어난다. 행복한 노후를 맞이하기 위한 자신만의 전략을 세우고 목표를 달성해 나가야 행복한 노후를 누릴 수 있을 것이다.

100세 시대는 기대 수명일 뿐이고 지나친 걱정이라 무시하는 경우가 종종 있다. 또한 돈만 있으면 된다는 생각을 하기도 한다. 하지만 우리가 밥만 먹고 살 수 있는 건 아니다. 재정이 필수이고 중요한 문제인 것은 맞지만 제2의 생을 살기 위해서는 진정으로 내가 하고 싶은 일을 하지 않으면 무의미한 노후를 맞이할 수밖에 없다. 열심히 일하다가 '조금 살만하면 죽는다.'라는 말이 있다. 오로지 돈을 벌기 위해 앞만 보고 살다가 건강을 잃거나 자기가 하고 싶은 일이 뭔지도 모르고 허무하게 지낸 세월을 한탄하며 보내는 사람들이 많다.

은퇴 후 놀면서 즐거운 시간은 딱 1년뿐이라고 한다. 1년이 지나면 할 일이 없어서 그때부터 무슨 일을 할까 고민하게 된다. 그때 은퇴 후 보람 있는 삶을 설계하기에는 이미 늦다.

은퇴 후의 인생 설계를 위해서는 미리 그 시간을 어떻게 보낼 것인지에 대해 계획해야 한다. 필요를 느낄 때는 이미 늦다. 시간은 나를 위해 기다려 주지 않는다.

아무런 일을 하지 않고 집에 있으면 인정받지 못한다. 직장 다닐 때의 권위나 내 자리는 없고 구박당하기 일쑤다. 할 일이 없어서 집에 그냥 있어야 한다는 것만으로 매일 불행할 수 있다. 수입 없이 저축해둔 돈만으로 생활하는 사람들은 불안한 마음도 생긴다.

중년에 준비하지 않은 노후는 불행할 수밖에 없다. 은퇴 이후 줄어드는 영향력에 가족들에 대한 배신감, 자괴감을 느낄 수 있다. 아무리 가정이 화목하더라도 미묘하게 느껴지는 힘의 변화에 상처를 받는다.

취미 생활도 미리 준비하지 않으면 노후에 시작하기 어렵다. 종일 집에서 빈둥거리고 텔레비전 리모컨과 씨름한다. 이렇게 지내다 보면 일할 때보다 오히려 건강이 안 좋아진다. 젊을 때는 자신보다는 자식이나 돈 걱정, 직장생활에 시간을 쏟는다. 다가오는 노년에 대해서 생각할 시간이 늦어질수록 노후생활은 어려울 수밖에 없다. 미리 준비하지 않으면 신체적인 건강뿐만 아니라 정신적인 건강에도 문제가 온다. 일이 없으면 건망증이 더 심해지는 경우가 많다. 일을 자꾸 찾아서 해야 건망증도 예방할 수 있다.

준비 없는 중년을 보내는 사람들은 후회만 하면서 바쁘고 알차게 지내는 사람들을 부러워하게 된다. 그러면서 내가 예전에 한 노력에 대한 보상을 받지 못한다는 이유로 우울해하고 원망하면서 시간을 허비한다.

고령화 사회, 부모 봉양, 자식 부양의 속에 사는 이 시대의 중년은 의무만 있고 누릴 결실은 없는 불행한 세대다. 은퇴 준비는 당연하고 당장 먹고 사는 생존 문제에 올인할 수밖에 없는 현실이다. 아무것도 준비하지 않는 다람쥐 쳇바퀴 도는 생활, 열심히만 살고 노후를 바라보지 않았던 직장생활이 끝나면 나에게 무엇이 남을까. 누가 대신 내 노후생활을 걱정하고 책임져줄까. 내 노후는 내가 스스로 준비해야 한다. 행복한 노후 생활을 누리려면 미리 준비하지 않을 수 없다. 은퇴 후 남는 제2의 긴 인생을 후회와 원망으로 다 보내고 싶은가.

진지하게 자신을 돌아보는 시간이 필요하다. 당장 하던 일을 멈추고 제2의 인생을 준비가 잘 되고 있는지 생각해 보자.

발등에 불 끄기
바쁜 젊음

언니가 가장인 집에서 어렵게 대학교에 입학하게 되었고 장학금을 받아야 하는 형편이었다. 열심히 공부만 해도 모자라는 시간이지만 조금은 의미 있는 삶을 살아보고 싶었다. 입학하자마자 야학 교사를 모집하기 위해 온 사람들이 있었다. 앞뒤 생각도 하지 않고 지원을 했지만, 야학 교사생활은 쉬운 게 아니었다. 마치고 집에 갈 수 있는 시간도 거의 밤 11시가 넘어야 됐다. 당연히 장학금을 받지 못했고 비싼 등록금을 언니에게 손을 내미는 게 미안했다. 그러다가 우연히 공무원 시험 일정을 보게 되었고 망설임 없이 시험을 치기로 했다.

남자는 많이 뽑는데 여자는 10명밖에 뽑지 않아서 경쟁률이 상당히 높았다. 기대도 하지 않았고 당연히 떨어질 줄 알고 발표를 기다리지도 않았다. 그러다가 어느 날 같은 동네 오빠가 서울신문에서 내 이름을 보고 축하를 전했다. 지금은 개명한 이름이다. 개명 전 이름은 한 번만 들어도 잊어버리지 않을 정도로 특이한 이름이어서 바로 알아본 모양이다. 기대도 안 했던 시험에 합격하자 다니던 학교 문제로 고민이 되었다. 발령이 나서 멀리 시골로 가야 한다는 생각은 못 했다.

등록금도 걱정되었고 직장 생활에 대한 두려움도 있었다. 또한 주위에서 "공무원이 얼마나 들어가기도 어려운데……. 언니 고생 그만 시키고 직장 다녀라."고 보는 사람마다 얘기했다. 어쩌면 대학이 나에게는 사치였다. 자의 반 타의 반으로 학교를 휴학하고 공무원을 선택했다. 휴학한 이유는 이 밖에도 더 있지만 나중에 얘기하려고 한다.

시골에서 자라고 사회라는 곳에 적응해 보지 않은 탓에 첫 직장생활이 쉽지만은 않았다. 새벽 6시 반에 출근해서 사무실 청소를 해놓고 인근 초등학교에 장학적금을 받으러 갔다. 새벽에 출근하는 것까지는 그래도 괜찮은데 그 당시는 주산을 사용하던 시기라서 인문계를 다닌 내가 주산을 할 수도 없었고, 연말 가까운 시기에 발령을 받아서 손님은 줄을 서서 기다렸다. 설상가상으로 수기로 처리하던 업무를 발령받은 날 온라인으로 변경되어 시행했다. 온라인 교육을 직접 일하는 직원이 가야 하는데, 24시간 교대 근무하는 사람 중에 그것도 우리 과와는 전혀 상관없는 다른 과에서 다녀온 상태였다. 물어보고 싶어도 물어볼 사람이 없었다.

업무 지침서를 옆에다 펴놓았지만 일단 수기로 만든 통장을 해약 처리하고 새로운 온라인 통장으로 만들어야 하는데 해약하는 일 하나만으로도 앞이 캄캄했다. 이자 계산도 어렵고, 통장을 신규로 만드는 것도 시간이 가장 많이 소요되는 업무 중 하나였다. 한 통장에 여러 개를 입금할 수 있는 환매조건부채권이라는 예금이 있었는데 한꺼번에 10개 이상 해약해야 하는 경우도 있었다. 이자 계산만 해도 쉽지 않은데 새로운 온라인 통장까지 발급을 하려니 업무에

과부하가 걸렸다. 그리고 업무 지침서의 단어는 처음 접하는 것이어서 생소하기만 했다. 도와줄 사람은 없고, 매일 편람을 가지고 집에 가서 공부했다. 열심히 한 결과 '걸어 다니는 편람'이라는 말도 들었다.

그때 당시는 컴퓨터 세대가 아니라서 장부 정리도 깨끗하게 해야 하고 도장도 도장 찍는 난에서 조금도 빗나가지 않게 찍지 않으면 안 되었다. 선배의 노트를 한 권 빌려서 1~10까지 숫자 적는 연습도 했다. 잠을 줄여가면서 열심히 해도 업무에 쫓기는 생활이 힘들었다. 10월에 발령받았으니 12월이 될수록 대기 인원도 많아지고 주눅이 잔뜩 든 나는 통장을 손에 들고 있으면서 5분 이상을 통장을 찾느라 두리번거렸던 적도 있다. 4시간을 울면서 보내기도 했다. 회식이 많아 순식간에 살이 10kg이나 쪘다. 막내로 자라서인지 난 의지력이 약했다. 어려운 상황을 극복하려고 하기 보다는 빠져나갈 궁리부터 했다. 그래서 4번이나 사표를 냈다. 그리고 출근을 안 하면 되는데 허락이 날 때까지 다녀야 하는 줄 알고 매번 출근하다 보니 사표 수리가 안 되고 지금까지 근무하고 있다.

하동에서 2년 간 근무하고 부산으로 발령이 났다. 일만큼은 누구보다 열심히 했다. 그리고 조금 이른 나이에 결혼했다. 결혼하자마자 임신도 했고 여러 가지 어려운 상황이 많았다. 보통 입덧 기간이 3~4개월인데 나는 출산할 때까지 입덧을 했다. 출근하려면 차를 타야 하는데 차를 탈 수가 없어서 가까운 곳에 연고지 신청을 해서 집 가까이에 있는 우체국으로 발령받았다.

임신 중에 승진도 하고 직장생활이 늘 바빴다. 남편과 나는 일찍 결혼해서인지 임신에 대해 기뻐하기보다 부담을 느꼈다. 태교는 생각할 틈도 없었다. 입덧으로 직장생활이 더 힘들었다. 다행히 출산했지만 봐 줄 사람이 없어서 여기저기 옮겨 다니면서 아이를 부탁했고 아이한테 신경 쓸 겨를도 없었다. 지금은 출산하고 나면 3개월 간 쉴 수 있고 또 더 쉬고 싶으면 휴직을 낼 수 있다. 하지만 우리 때는 휴직을 사용하는 사람도 없었고 2달 쉴 수 있는 특휴의 시간도 다 쓰지 못했다.

힘들게 육아와 직장생활을 병행하던 중 대학교수인 친구를 만났다. 친구는 학교는 졸업해야 한다며 대학 입학원서를 가지고 왔다. 졸업하지 못했던 것이 늘 마음에 걸린 터라 나는 그 날 바로 야간대학에 지원했다. 학교 공부를 잘하기 위해 새벽에 학원도 등록했다. 학원은 하루도 빠짐없이 출석해서 학원 선생님들이 나를 다 알아볼 정도였다. 바쁜 직장생활, 잦은 회식, 학교와 학원까지 다녀야 했기에 늘 시간이 부족했고, 잠 잘 시간도 거의 없었다. 더군다나 아이는 밤과 낮이 바뀌어서 밤에는 자지도 않고 울기만 해서 남편과 나도 같이 따라 울었던 기억도 난다.

유통경영학을 전공하다 보니 직장 업무와 연관이 많아서 업무에도 많은 도움이 되었다. 일에 대한 열정이 많았던 나는 기존대로 답습하기 보다 새로운 것을 많이 시도했다. 새로운 업무를 만들면 그만큼 일도 많아진다. 그 당시 성 강의로 유명하던 구성애 선생님을 초청해 강연도 했다. 선생님의 바쁜 일정으로 초청하기도 어려웠다. 우체국의 위치가 좀 애매해서 고객들이 찾아오기가 쉽지 않은 곳에 있었다. 고객이 많이 찾아오게 하기 위해서는 우체국 위치에 대한 홍보가 필요해서 강연회를 기획했다. 강의가 있던 날, 하필 비가 많이 왔다. 시작 시각 5분 전까지 강의실이 텅텅 비어 있었다. 강의실에는 몇 명만 있었고 구성애 선생님도 도착하지 못했다. 너무 힘들게 준비했던 터라 눈물이 쏟아졌다. 생각보다 많은 예산을 소요했는데 사람들이 오지 않을까봐 불안했다. 우체국 뒤에 가서 펑펑 울다가 울음을 멈추고 돌아왔는데 갑자기 사람들이 모여들었다. 구성애 선생님도 같이 있었다. 비가 와서 차가 많이 막힌 모양이다.

행사는 잘 진행되었다. 나는 고객에게 사은품을 줄 때도 바로 지급하지 않았다. 한 번 더 방문하게 할 계획으로 긁는 복권을 만들었다. 동전으로 긁으면 선물이 표기되어 있고 2~3일 뒤에 지급 날짜를 정했다. 노력한 만큼 실적도 좋았다.

바쁜 와중에 시간을 쪼개어 공부도 열심히 했다. CS 교육과정으로 2박3일 대한항공에 갔다. 교육과정이 좋았고 그 기간 동안 교육을 받으면서 교육생 중 변화된 모습을 봤다. 돌아와서 직장에서 CS 교육을 1년 동안 하루 20분씩 활용했다. 아침 8시에 교육을 했는데도 직원들은 즐거운 마음으로 따라줬다. 그 당시 국장님도 한 번도 빠짐없이 같이 참석해 주셨다. 덕분에 CS성적이 거의 상위권이어서 타국에서 견학도 많이 왔다. 물론 나 혼자서 잘해서 되는 게 아니다. 같이 근무했던 우편 주임. 계장님, 직원들까지 전부 한마음으로 열심히 일한 결과였다.

바쁘게 하루하루를 보낸 만큼 성과도 있었고 재미도 있었다. 여러 가지 좋은 성적을 냈고 특히 내 담당 금융 부분에서도 다 성적이 좋았다. 그때가 2001년, 벌써 16년이 지났다. 추억은 많고 보람도 많았다.

그런데 돌아보면 내게 남은 게 없다. 바쁘게 뛰어왔지만 직장일 외에는 할 수 있는 일이 아무것도 없다. 바쁘게 일하고 공부도 했는데 잠도 못 자고 시간을 쪼개며 살아왔는데 왜 우체국 업무 외에는 잘할 수 있는 것이 없을까?

돌아보면 힘들게 공부를 한 것도 학벌에 대해 자격지심을 없애기 위함이었고, 업무에 좋은 실적을 위해 노력한 것도 상사와 동료에게 칭찬받기 위한 수단이었다. 빨리 승진하고 싶은 꿈이 있었다. 다시 옛날로 돌아가서 직장 일을 더 열심히 하겠냐고 물으면 다시 돌아가도 더 잘할 자신이 없을 만큼 직장생활은 충실히 했다. 물론 그때 열정이 지금의 나한테도 도움이 되겠지만 내게 필요한 특별한 목표가 없었다. 원하는 목표를 가졌더라도 지금보다 훨씬 더 행복한 삶을 살 수 있었을 텐데. 어려운 일이 왔을 때 많은 고민을 하지 않아도 될 텐데, 후회가 됐다.

얼마 전에 읽은 이나모리 가즈오의 《바위를 올려라》에 이런 글이 있다. '일의 결과는 사고방식×열정×능력의 공식이다.' 이 공식에 공감이 간다. 열정과 능력만 있고 사고방식이 없어도 안 되고 3가지가 조화가 이루어지지 않으면 좋은 성과를 낼 수가 없다. 내 개인 목표를 위한 공식도 일과 마찬가지인데, 난 오로지 일에만 이 공식에 맞춰서 살아온 게 아닐까 하는 생각이 든다. 회식도 일도 남들보다 열정을 다해서 했지만 한 가지 생각하지 못 한 게 있다. 나를 돌아보는 시간, 감사의 시간을 가지지 못했던 것 같다. 스스로 나를 낮추고 주위 사람들 덕분에 내가 발전하고 있다는 사실을 잊어버리고 오로지 자신감에 차서 지냈던 것 같다. 일할 때는 늘 겸손함 속에 나 자신만을 위한 일을 하고 있는지도 생각해 보라고 했다.

그때는 나보다는 다른 사람을, 그리고 전체를 위한 일이라고 생각했는데 지금 돌이켜보면 나도 남도 아닌 순간의 만족을 위한 일을 했던 것 같다. 바쁘게 시간을 쪼개면서 열심히 살아왔지만 내가 필요한 일이 아니고 그저 남에게 잘 보이기 위해 발버둥쳤다. 타인에게 보이기 위한 삶이 아니고 나를 바라보고 내가 원하는 꿈을 찾아서 미리 계획을 조금씩이라도 세워서 열심히 일했더라면 지금 내 모습은 어땠을까?

누구나 젊을 때는 발등에 불을 끄기도 바쁘게 살아간다. 앞을 보지 못하고 지금에 닥친 현실에 충실하느라 다른 생각을 할 겨를이 없다. 직장도 구해야 하고, 입사 후 업무도 익혀야 하고, 승진도 해야 하고, 결혼 준비도 해야 한다. 노후를 생각할 겨를이 없다. 어떤 계기가 있기 전에는 돌아보지 못한다.

바쁘게 앞만 보고 뛰어다닐 때 누군가 옆에서 제어해주는 사람이 있으면 얼마나 좋을까. 난 누군가에게 준비하는 신호를 보내는 사람으로 살고 싶다.

한 달에 한 번이라도 책 한 권이라도 읽을 수 있는 여유가 있었으면 얼마나 좋았을까? 하루에 10분이라도 책을 보면서 적용하는 삶을 살 수 있다면 지금 나와는 완전 다른 삶이 기다리고 있을 수도 있다.

'젊은이'라는 단어만으로도 좋은 시기에 주도적인 삶이 되지 못하고 바쁘게 떠밀리듯이 살아간다. 나를 돌보지 않고 앞만 보고 달리는 누군가에게 지금 바로 자신을 돌아보라고 얘기해 주고 싶다. 세상은 넓고 할 일은 많은데 나는 우물 안에 개구리일 뿐이다. 잠시 숨을 쉬고 하늘을 바라볼 수 있는 시간을 가졌으면 한다.

오로지 직장 하나만 보고 달리기엔 세월이 아깝다. 한번 간 세월은 돌아오지 않는다. 시간은 늘 새롭게 오고 있고, 그 시간은 절대 우리를 위해 기다려주지 않는다는 것을 느꼈으면 한다. 잠깐 시간을 내서 내 인생에 대해 생각할 여유를 갖는 것이 내 후반부의 행복을 좌우한다.

지금 이 순간에도 시간은 계속 흘러가고 있다. 다시는 돌아오지 못할 시간이.

미래를 준비할 틈이 없다

하루하루를 바쁘게 지내다 보니 미래는 생각하는 건 나하고는 거리가 멀었다. 한 번도 미래에 대해 진지하게 마주한 적이 없다. 나는 절대 늙지 않는다고 생각했다. 그런데 50살이 훌쩍 넘었다.

직장 생활을 하기에도 벅찬 하루하루다. 지금 생각해 보면 이것도 다 핑계밖에 되지 않는다. 매일 회식하고, 회식을 빠지는 날에는 내가 먼저 연락해서 만남의 자리를 가졌다. 몸에 밴 잘못된 습관 때문에 하루라도 집에 일찍 가는 일이 없었다. 그런 생활의 연속이었다. 내가 만든 일정을 직장 탓으로 돌렸다. 그래야 마음이 편하니까.

바쁘다는 말을 입에 달고 살았지만 결국 무엇을 하느라 바빴는지 진짜 바빴는지도 의심스럽다. 내 생활에 대해 어떻게 지냈는지 기록해 놓은 것도 없고 단지 내가 그냥 기억해 내는 게 전부다. 열심히 살았다는 말도 어떻게 무엇을 위해 열심히 살았는지 나 스스로에게도 설득력이 없다. 그냥 지금은 핑계일 뿐이다.

아들을 아침 일찍 어린이집에 보냈다. 그때마다 전쟁이었다. 떨어지지 않으려고 우는 아이를 달래려고 매일 아침 문방구에 가서 장난감을 하나씩 사서 겨우 달랬다. 떨어지지 않는 발걸음과 눈물을 참으며 출근했다. 출근하면 바로 업무에 집중한다. 뭐가 그리 바빴던지 이것저것 일을 하다 보면 아들 걱정할 시간도 없이 하루가 간다.

대부분 반복적인 일을 한다. 목표가 없는 인생은 내가 주도하는 삶이 아니라 억지로 떠밀려 살아간다. 인생은 시험처럼 잘못 쳤다고 다시 칠 수 있는 것도 아닌데 우리는 매번 아까운 시간을 그냥 의미 없이 흘려보낸다. 그런 삶을 의식도 못한 채 살아간다. 과연 나의 목표는 무엇이었을까? 최소한 남들보다 열심히 산다고 생각했고 행복한 인생이 지속할 거라는 착각하며 지내왔다. 단지 내 생각일 뿐 실제로 남과 다른 게 하나도 없었다. 그냥 흘러가는 세월에 도달 지점도 없이 달리고 있었을 뿐이었다. 10년이면 강산이 변한다는 말이 있다. 강산은 변화되는데 나의 변화는 없다.

영업하는 사람들이 실제로 일하는 시간은 1시간 30분밖에 되지 않는다고 한다. 그만큼 실제로 해야 하는 일보다 다른 일을 많이 한다는 뜻이다. 나 또한 하지 않아도 될 일에 얽매여서 바쁘다는 이름으로 하루하루를 지내왔다. 직장생활이 전부인 나는 아들을 키우면서 제대로 내 시간을 할애하는데 빠져 있었다. 아들은 기다려주지 않고 훌쩍 성인이 되어 버렸고, 그 시절로 돌아갈 수도 없다. 남들과 약속은 안 지키면 죽는 줄 알고 지냈는데 나와의 인생에 대한 약속은 한 번도 해본 적이 없다.

요가 강사들과 같이 저녁을 먹고 한 잔하러 갔다. 술을 마시면서 남편은 아들한테 잘해주지 못한 게 제일 후회가 남는다는 얘기를 했다. 아들이 일요일

날 "아빠, 공 차러 가자." 라고 말할 때 왜 같이 가지 못했을까? 아들이 "밖에 놀러 가자."라고 말할 때 피곤하다고 방에서 누워만 있던 것이 후회된다고 말했다. "지금이라도 잘해주면 되지 않을까?"라는 질문을 하면서 미안한 생각에서 벗어나고 싶었다. 옆에 있던 요가강사 중 한 분을 바라봤다. 그는 손을 흔들며 "아니에요. 이미 시간은 다 지나가버렸어요." 이렇게 대답했다. 그 말을 듣는 순간 돌이킬 수 없는 시간에 대해 후회가 밀려왔다.

난 아들뿐만 아니라 남편과도 거의 대화를 하지 않았다. 남편은 말수가 적은 줄 알았다. 우리는 바깥에서 따로 시간을 보냈고, 다른 부부처럼 다정하게 살아본 적은 신혼 때 외에는 없었던 것 같다. 더군다나 가족끼리 즐겁게 지내 본 기억도 없다. 모두 그렇게 지내는 줄 알았다.

남편은 거의 새벽 2시가 넘어서 들어와서 애들을 봐달라는 부탁을 할 수가 없었다. 공무원이 사업하는 사람보다 더 바쁜 것 같았다. 어쩌다 한 번 어린이집에 있는 아들을 좀 데려와 달라고 부탁해도 연락도 안 되고 어디로 갔는지 알 수가 없었다. 내가 어린이집에 아들을 데리러 갈 수 없을 때는 정말 화가 났고 그런 이유로 자주 싸웠다. 조금 늦게 어린이집으로 데리러 가면 아이는 어린이집에서 나와서 경비실 의자에 앉아서 기다리고 있었다. 아직 말도 못 하는 아이였다. 모자는 눈을 가리고 있었고 더운지 땀은 뻘뻘 흘리며 앉아있는 아들을 보며 얼마나 울었는지 모른다. 이렇게까지 아들을 외롭고 힘들게 했으면 내게 뭔가 소중한 것이 남아 있어야 하는데 내 소중한 시간만 다 잃었을 뿐 남은 것은 하나도 없다.

그래도 지금까지 가정을 유지할 수 있었던 게 얼마나 다행인지 모른다. 이혼을 생각하지 않은 적은 없지만, 절차와 방법도 모르고 알아볼 시간도 없었다. 시간이 많고 이혼 절차만 복잡하지 않았어도 우리는 벌써 남남이 되었을 것이다. 하지만 아무것도 이룬 것도 없고, 가정까지 깨졌다면 지금 내 인생은 어떻게 됐을까?

바쁠수록 날 돌아볼 수 있어야 한다. 하루를 초로 계산하면 86,400초이다. 매일 86,400원을 통장에 입금해 주고 안 쓰면 없어진다고 하면 우리는 그 돈을 사용 못 하고 그냥 버릴 것인가. 돈이라면 버리지 않고 무엇을 해서라도 다 사용할 것이다. 매일 귀하게 우리에게 입금되는 86,400원을 아끼고 또 아껴서 버리지 말고 다 사용해야 하지 않을까?

합당한 이유가 있다고 해도 되돌릴 수 없는 게 인생이다. 아무리 바빠도 시간 관리를 하면서 허비하는 시간을 관리하는 것만큼 소중한 게 또 있을까?

학교 다닐 때 그렇게 죽고 못 살던 친구들도 직장을 다니면서 얼굴 보기도 힘들다. 더구나 결혼하면서 뿔뿔이 흩어져서 1년에 얼굴 한 번 보기도 힘들다. 나이가 들어 애들이 다 크고 나니까 이제야 여유가 되어 1년에 한두 번은 만난다. 물론 여유가 있어서 만나도 나쁘진 않다. 그렇지만 수시로 만나서 우리의 인생을 얘기할 수 있다면 얼마나 더 좋을까?

청소년기에 확실한 미래의 꿈이 있는 사람이 많지 않다. 꿈이 있는 사람과 없는 사람들의 눈빛이나 표정에서도 차이가 크게 난다. 젊어서부터 빨리 깨달아 자기계발을 위해 이리저리 뛰고 시간을 쪼개어 사는 사람들을 볼 때마다 나와 비교해 본다. '난 좋은 나이에 뭐했을까?' 후회를 한다. 이미 지나간 일을 후회만 하고 있다. 내 미래의 삶에 대해 진지하게 왜 한 번도 질문하거나 답을 바라며 살지 못했을까.

시간은 한 번 가면 오지 않는다. 하지만 삶은, 내가 요구하는 것은 무엇이든 기꺼이 내주게 되어 있다고 한다. 우리는 준비를 하고 받기만 하면 된다. 우리는 미래를 준비할 틈이 없는 게 아니라 뒤돌아볼 여유가 없이 그냥 지나가 버리는 것이다.

나는 요즘 누군가 옆에서 '미래에 대해, 준비하는 삶에 대해 조언을 해주는 사람이 있었으면 하고 얼마나 좋았을까.' 하고 생각한다. 그렇지만 누가 그렇게 얘기를 해 준다고 해도 내가 받아들일 마음이 없으면 아무 소용이 없다. 한 가지만은 확실하다.

준비도 후회도 어차피 내 몫이다. 미래를 준비할 틈이 없는 게 아니라 마음이 없는 것이다.

변화에 따라가기도 바쁘다

20대에 공무원 생활을 시작해서 벌써 내 나이 53세다. 퇴직이 8년밖에 남지 않았다. 디지털 시대는 나이가 많은 우리가 따라가기에는 어려운 점이 있다. 새로 생긴 업무나 제도는 문서 한 번 보는 것으로 습득이 되지 않는다. 컴퓨터에 뭔가 다시 다운 받아야 되고 삭제해야 하고, 이런 모든 업무를 하기는 어렵다. 40대까지만 해도 새로운 업무는 무조건 제일 먼저 파악해서 직원들에게 알려주었다.

그런데 이제는 문서 한 장을 다 읽는 것도 귀찮다. 새로운 게 오면 당연히 팀장에게 설명해 달라고 부탁한다. 긴 문서를 다 읽어보기도 싫어진다. 직위가 올라가니 당연히 옛날처럼 하지 않아도 된다고 생각하는 사람들도 있겠지만, 직위가 올라갈수록 업무를 더 잘 알아야 윗사람으로 대우를 받는다. 요즘은 인력도 감원하는 추세라서 국장이고 실장이라고 팔짱 끼고 지켜보는 시대가 아니다. 먼저 많이 배우고 변화에 적응해야 살아갈 수 있다.

경력이 많을수록 일처리는 물론 모든 면에서 앞서가야 한다. 그런데 요즘은 신규자처럼 헤맬 때가 많다. 리더는 솔선수범해야 한다. 모범을 보이고 더 많은 업무를 알고 후배들에게 알려줄 수 있어야 한다. 마음은 있는데 몸이 잘 따라주지 않는다고 느낄 때는 우울함마저 든다.

옛날 회식 자리는 상사에게 잘 보이기 위해 직원들이 와서 술을 권하는 게 일반적이었다. 지금은 상사가 옮겨 다니면서 직원들에게 술도 권하고 불편하지 않도록 배려해야 한다. 또 시간이 좀 지나면 상사 주변의 자리는 비어 있다. 내가 움직이지 않으면 안 된다. 회식 문화도 많이 변경되었다. 술자리 자체도 싫어하지만 내가 술을 마시기 싫으면 상사가 권해도 거절한다. 우리는 상사의 말은 거절하지 못했다. 먹고 토하더라도 끝까지 마셨다. 지금은 회식 날짜를 잡는 것도 미리 얘기하지 않으면 안 된다. 우리는 회식이라면 다른 일정을 다 취소하고 참석했다. YES 만이 살 길이었다.

지금 직원들에게 옛날 이야기를 하면 싫어하기도 하지만 우리 때의 생활을 이해하지 못 한다. 변화에 적응하지 못하고 옛날처럼 상사 노릇만 하려고 하면 인정 보다 무시당하기 일쑤다.

우리가 신규자 시절 생각하는 상사는 아침에 출근해서 출근 사인하고 나면 온종일 어디 갔는지 알 수가 없었다. 직원도 많아서 이선 직원들은 할 일이 많이 없었다. 지금은 팀장 호칭 외에는 '대리'라고 통일하고 있지만, 그 당시는 8급을 주임이라고 했는데 주임에다가 '님'까지 붙여서 '주임님'이라고 불렀고 어려운 상사였다.

지금은 옛날처럼 자기 몫을 못하면 적응하기 힘들다. 난 직원들보다 더 일찍 출근하고 청소도 같이하고 아침마다 주스를 만들어 와서 직원들과 나눠 먹는다. 매일 아침 직원들에게 뭘해줄까 생각한다. 내가 할 수 있는 일이라면 무슨 일이든지 할 생각이다.

당감3동우체국 근무할 때 고객이 많지 않았고 내가 할 수 있는 일이 뭘까 고민하다가 직원의 점심을 책임지고 싶은 생각이 들어서 직접 만들어 먹었다. 집에서 음식을 자주 해본 적이 없어서 잘하지는 못하지만, 핸드폰으로 요리를 만드는 법을 보고 따라 만들었는데 생각보다 잘 되고 맛있었다.

출근할 때 거의 정장 차림이라서 치마 입고 쪼그리고 앉아서 밥을 한다는 것이, 힘도 들고 가끔은 짜증이 났다. 하지만 내가 할 수 있는 일이고, 이 일을 함으로써 직원들이 맛있게 먹고, 즐거울 수 있다는 데 초점을 두어 열심히 했다. 요리 솜씨도 많이 늘어서 자신감이 생겼다. 집에서도 음식을 많이 만들게 되었다. 한 번도 해본 적이 없는 팥죽까지 끓였다. 고객에게 불친절한 표정이 나올 때도 업무를 잘 모르는데 고객이 물을까봐 두려워할 때인 것처럼, 음식을 잘하지 못할 때는 걱정이 짜증으로 나타날 때도 있었다. 이제는 요리하는 것이 나의 좋은 습관이 되어있다. 집에서도 전보다는 많은 음식을 했고 남편도 좋아한다.

무조건 상사에게 복종하는 시대는 지났다. 리더라면 응당 먼저 베풀고 무조건 주는 것이 요즘 리더다. 이러한 변화에 익숙하지 못하면 스스로 힘들어진다.

직원뿐만 아니라 고객요구도 다양하게 변해가고 요구 수준도 높아진다. 꾸준히 공부하지 않으면 고객의 요구에 반응조차 힘들다. 고객은 우리의 눈빛이나 행동만 봐도 원하는 것을 제대로 하는지 바로 알 수 있다. 조금만 덤벙거리면 무시당하기 쉽다. 그리고 시간이 해결해 준다는 것도 옛말이다. 시간도 결국은 노력하는 사람에게 기회가 가고, 변하는 것도 스스로가 변해야 한다. 저절로 이루어지는 것은 없다. 하루하루가 새로운 세상이다.

개구리에 대한 일화가 있다. 개구리를 통에 담그고 뜨거운 물을 부으면 살아

남기 위해 발버둥치지만 미지근한 물을 부으면 그대로 있다가 서서히 죽어 간다고 한다. 변화는 급하게 오는 경우도 있지만, 우리가 느끼지 못하도록 서서히 다가온다. 언제든지 변화에 적응하지 못하고 준비되지 못한 삶은 이미 우리는 죽은 개구리와 마찬가지다. 늘 변화할 수 있는 준비가 되어 있어야 한다. 나를 무조건 못한다는 틀에 가둬두고 아까운 시간을 허무하게 보내고 있는지 생각해 보자.

능력이 있지만 스스로 못한다고 결론을 내리면 결국은 아무것도 못 하는 인생으로 살다가 가야 한다. 이제는 꿈을 정해 놓고 꿈을 따라 살아보자. 열심히만 사는 게 아니라 구체적인 목표를 설정해 놓고 꿈을 이룬 후의 나의 모습을 상상해 보자.

하버드 대학 졸업생 중 3%는 목표와 계획을 세우고 기록해 두었고, 나머지 97%는 계획은 있으나 기록은 하지 않았다고 한다. 결과는 계획을 생각하고 기록을 한 3%가, 계획을 기록하지 않는 졸업생보다 평균 10배 이상의 수입을 올렸다고 한다.

자신의 삶을 마주하면서 지금까지 생활에서 벗어나고자 한다면 지금 바로 목표를 세우고, 계획을 기록해 보자.

제 2 장
준비 없는 삶

먹고살기 바쁜 세상

먹고 살기만 바쁜 세상일까? 예전보다 볼 것도, 할 것도, 새로운 것도 많은 세상이다. 모르는 것은 인터넷으로 검색이 가능하고 하고 싶은 것도 마음껏 할 수 있는 세상이다.

대부분의 사람들은 좋은 것을 보지도, 듣지도 않고 생활에 떠밀려 산다. 나의 규정은 내가 이미 만들어 놓고 그 틀에서 조금의 이탈도 없이 바쁘다는 명목으로 지내고 있다. 누가 뭐라고 하면 그런 일을 할 시간이 없다고 한다. '직장에 온종일 매여 있는데…….' 이 한 마디가 핑곗거리로 다 되는 줄 안다.

직장에서 보내는 시간이 거의 하루 10시간이다. 생각해 보면 10시간 중에 딱히 숨 못 쉴 정도로 바쁜 것도 없는데 마음이 매일 바쁘다. 수시로 먹고살기 힘들다는 부정적인 단어를 스스럼없이 한다. 뭐가 그리 먹고살기 힘들었을까?

지금처럼 포장이사 같은 게 없었다. 이사를 하려면 일일이 포장상자에 담아서 이사 준비를 했다. 이사는 일이 많다. 백일도 안 된 둘째 아들을 데리고 어떻게 해야 할지 앞이 캄캄한 적이 있었다. 들어오지 않는 남편을 무작정 기다릴 수도 없어 밤을 새워 짐을 쌌다. 남편은 신문, 우유가 배달됐는데도 나타나지 않았다. 아침 7시가 넘어서야 벨 소리가 났다. 매일 술 약속이 있었고 집에는 들어올 생각도 안 했다. 남편은 남편대로 바빴고, 나 또한 직장 생활이 편하지 않았다. 아이가 있었는데도 야간대학교에 다니고 있어 정말 하루가 어떻게 가는지 모를 정도로 바빴다.

둘째를 임신했을 때 남편은 승진해서 울산우체국 서무계장으로 발령이 났다. 보통 영업부서가 아니면 회식도 많이 없는데 남편은 거기서도 매일 회식을 했다. 새벽 2~3시에 총알택시를 타고 귀가해서 새벽 6시에 나가서 버스를 타고 출근했다. 매일 새벽까지 술을 마시고 새벽에 출근하면 하루쯤은 연가를 받을 수도 있는데, 남편은 출근은 칼이었다.

남편이 들어올 때까지 잠이 오지 않았다. 임신하고 첫째처럼 입덧이 심한데도 잠을 잘 수가 없었다. 밖에서 큰소리가 나면 나가보고 혹시 무슨 일이 있는 건 아닌가 걱정이 되어서 잠이 오질 않았다. 기다리면서 옆에 보이는 쿠션이나 베개 같은 게 있으면 벽에다 던지기도 했다.

그러다가 출산할 시기가 왔다. 부모님은 계시지 않고 휴일이라 언니들에게도 방해될까 봐 연락하지 않았다. 간호할 사람은 남편뿐이었는데 남편은 직장에 나가서 곤드레만드레 한 잔하고 밤 10시가 넘어서 코를 골며 바로 잤다. 애를 낳고 몸이 좋지 않아 급식을 받는 것도 힘들어서 옆에 같이 입원했던 환자 보호자가 대신 받아줬다. 나를 고아로 생각하는 듯한 표정을 보면서 비참하고 속상했다. 휴일인데 직장에 불러낸 상사도 남편도 정말 미웠다. 지금은 있을 수 없는 일이지만, 그때는 그런 시절이었다. 아이를 데리고 퇴원하는 날도 택시를 타고 집으로 가다가 남편은 전화를 받고, 중간에 "너 혼자 집에 좀 가라."라고 말하며 내려버렸다. 짐을 들고 애를 안고 어렵게 집까지 왔다. 미역국도 직접 끓여서 먹었다. 엄마가 없는 서러움이 얼마나 컸던지 엉엉 울었다. 그래도 난 남들도 다르지 않고 아기를 출산하면서 오는 서러움이라 생각했다.

부모님이 안 계신 것에 대해 원망은 해본 적은 없다. 지금도 한번씩 그때 생각을 하면 남편을 용서할 수가 없을 정도로 밉다. 출산 후 휴가 때 집에 혼자 긴 시간을 보내면서, 남편을 원망하고 내 신세를 한탄할 시간은 있었으면서 나를 돌아볼 시간을 가질 생각은 해 본 적이 없다. 내 인생에 대해 한 번도 돌아보지 않았다. 현재 내가 처해 있는 삶이 내 인생의 전부인 줄 알았다. 내 인생은 내 것이라는 것을 알지 못했고, 그저 한탄만 하면서 무의미하게 하루하루를 보냈다. 내 미래의 선택은 내가 하는 것인데, 늘 누군가 나 대신 탄탄대로를 만들어주는 것으로 알았다. 내 생활이 따뜻한 물에 갇혀 있는 개구리인 줄 생각하지도 못 했다.

내 생활을 바꾸어 볼 생각은 꿈에도 못 했다. 아무리 바빠도 커피 마실 시간에 커피를 마시고, 밥을 먹을 시간에 밥을 먹고, TV 드라마 볼 시간에 TV를 봤다. 노는 시간에는 열심히 노는데 집중했다. 그러면서 늘 시간에 쫓기고 바쁘다고 한탄만 했다. 매일 반복되는 시간을 당연히 받아들였다. 난 직장 생활을 하니까, 또 아이를 키워야 하니까, 남들에게 할 수 있는 완벽한 변명거리가 있었다. 소중한 시간이 계속 지나고 있음을 느끼지 못하고 오늘도 바쁘게 하루를 보내고 있다.

우리는 직장에서 상사나 선배가 얘기하면 100% 따라야 했다. 속으로는 울면서 겉으로는 아닌 척해야 했다. 요즘 사람들은 'NO' 하는 법을 안다. 내게 강요할 때 지혜롭게 'NO'를 잘할 수 있는 사람이 자기관리를 잘하는 사람이라고 생각한다. 요가 강사들과 동해안으로 여행을 갔다. 밤늦게까지 놀고 아침에 생각보다 일찍 일어나서 청소했다. 요가학원 실장이 뒤따라 일어나서 20대 강사에게 일어나라고 했다. 그러자 그녀가 이렇게 말했다.

"왜 일어나야 하는지 설명해 주실래요? 선생님."

그 대답이 신선하고 좋았다. 난 한 번도 그렇게 해 본 적이 없다. 좋은 질문이 성장을 하게 한다는 말이 있는데 난 질문이 없었다. 그냥 무조건 '예' 외에는 없었다.

어딜 가던 마음 편히 있지 못하고 이리저리 바쁘게 다니면서 정리한다. 가만히 있으면 뭔가가 불편하다. 누가 시키지도 않는데도 왔다 갔다 하면서, 오늘 엄청 바쁜 일정이었다고 한다. 습관적으로 별로 중요하지도 않은 일을 스스로 만들고 힘들다고 불평한다. 꿈도 없고 희망도 없는 막연한 삶인 줄도 모르는 체, 습관적으로 하루를 보낸다. 미래는 준비하는 사람에게 온다고 했다. 이론은 이론일 뿐 우리는 오늘도 바쁘다고 핑계로 허무하게 헛된 시간을 보내고 있다. 먹고살기 바쁜 세상으로 만드는 건 본인 자신의 선택이다. 같은 시간을 바쁘게 보내는 것도, 한가하게 보내는 것도 자기가 결정한다.

학교 다닐 때는 대통령, 선생님, 간호사 등의 꿈을 꾸었다. 결혼하고 나니 아이들 키우느라 정신없이 돈 벌기에 바빴고 내가 뭘 좋아하는지 뭐가 하고 싶은지도 모르고 지낸다. 이제 겨우 아이들 다 키우고 뒤돌아볼 여유가 생겼는데 은퇴까지 10년도 안 남았다. "먹고살기 바쁜 인생이었다. 그러니 옛날로 돌아가고 싶다!"라고 말한다고 해서 세월이 "그래, 되돌려줄게." 라고 하지 않는다. 내가 결정하고 내가 만든 인생이 오늘이고 지금이다. 은퇴 후 남은 시간 30년, 과연 무엇을 하고 지낼 것인가. 날 위해 대신 자리를 마련해 두고 기다려주지 않는다.

지금에 집중하다

　공무원 발령받는 날부터 목표는 50세에 사무관까지 승진하는 것이었다. 목표를 위해 다른 것은 생각할 틈도 없이 보이는 대로 일하고 가정보다는 직장생활에 80% 이상이었다고 해도 과언이 아니다. 새벽부터 밤늦게까지 내가 할 수 있는 직장에 집중해서 일했다. 그런데 말도 안 되는 사유로 승진이 안 된다는 것이다.

　행정주사로 처음 승진하고 마산우체국 금융영업 실장으로 발령받았고, 승진 후 첫 발령이다 보니 일에 대한 애착이 많았다. 매년 초에는 증강 기간을 실시한다. 증강 기간 때, 김해우체국과 경쟁이 되어 새벽 1시 넘어서까지 퇴근도 하지 않고 일했다. 결국, 1위를 했다. 마산을 떠나 두 번째로 부산 사상우체국에 마케팅 실장으로 발령받았다. 여기는 주 업무가 택배 픽업이다 보니 남자 직원이 우선이었다. 지금은 여직원이 많아서 남녀 구별을 하지 않지만, 그 당시만 해도 여자는 적고 남자가 많았던 시절이다. 마케팅실에는 남자가 가는 것이 이례적이었지만 마케팅을 잘한다는 이유로 보직을 받았다. 발령을 받고, 사무실로 가고 있는데 멀리서 남자 직원의 말소리가 들렸다. "여자가 발령 나서……." 못 들은 척하고 안으로 들어갔다.

다음 날 비가 많이 내리는데 여직원 2명이 오전 10시쯤 어디론가 말도 없이 나가려고 했다. 어디에 가느냐고 물었더니, 전자우편 마케팅을 하러 간다고 했다. 전자우편에 대해서 잘 아느냐고 물었더니 잘 모르는데 나가라고 해서 그냥 나간다고 했다. 비도 많이 오는데 일단 캐비닛과 사무실 주변 정리를 먼저 하고 공부를 좀 하고 목적지를 정해서 나가는 건 생각해 보자고 했다.

여직원들과 사무실 정리정돈을 깨끗이 마쳤다. 픽업하러 다니는 남자 직원들은 책상이 없었다. 출근해서 바깥에서 커피를 마시고, 담배를 피우고 바로 일하러 갔다. 얼굴 마주치는 시간도 드물었다. 뭔가 어수선하고 정신이 없었다. 직원은 많은데 실적은 별로 좋지 않고, 각자 알아서 하고 집에 가버렸다. 직원들 간의 단합도 되지 않는데 실적이 따라줄 리가 없었다.

사업 활성화를 위한 방안이 직원들 간의 단합이라 생각하고 직원들을 위한 공간을 마련하기로 했다. 먼저 사무실 리모델링을 해서 픽업 직원들 개개인의 책상을 마련했다. 티타임을 가질 수 있는 응접세트도 배치했다. 직원들이 책상이 생기자 표정이 밝아지고 좋아했다.

아침에 미팅 시간을 가지고 목표를 공유했다. 며칠 지나고 보니 남자 직원 중 한 명의 모자에는 한쪽은 잡초 인생, 한쪽은 노지 인생이라는 것을 새기고 쓰고 다녔다. 왜 그렇게 다니느냐 물었더니 출근해봐야 자리도 없고 밖에서 있다가 사는 인생이라고 해서 '노지인생, 잡초인생'이라고 했다. 휴식 시간에 서로의 애로사항을 들어주고 이제 책상도 생겼으니 모자에 새긴 글들을 없애라고 하고 만약에 계속 그런 모자를 쓰고 다니면 오천 원씩 벌금을 받기로 했다.

벌금 만 원을 받고 이제 잡초 인생, 노지 인생이 새겨진 모자는 쓰고 오지 않았다. 본인들이 할 일만 끝나면 집에 가기가 바쁘던 직원들이 사무실 앞에 설치되어 있는 화이트보드에 "실장님! 어디 어디 건물에 한 번 가 보소. ○○ 택배차가 서 있습니다." 이렇게 정보를 주고 나간다. 이제 같이 실적을 올리고 한 배를 탄 같은 팀이라는 걸 느꼈다.

직원들과 합심하여 실적을 올린 결과 2년 연속 택배 1위를 했다. 우체국에서 발행하는 디지털 포스트지가 있었는데 우정공무원교육원에서 2박 3일 마케팅하는 모습을 촬영하러 왔다. 내가 근무하는 사상우체국이 실렸고, 나도 한 페이지를 장식했다. 그때는 모든 걸 다 얻은 것 같았다. 택배 실적이 부족할 때는 하동에서 배를 가지고 와서 팔았다. 배를 가지고 오자마자 태풍이 와서 보관 장소도 적당하지 않고, 1,000개나 되는 배를 보고 있으니 한숨밖에 나오지 않았다. 우리는 합심해서 결국 3일 만에 배를 다 팔았다. 너무 힘들었고 지금도 그때 생각이 나서 배를 좋아하지 않는다. 우리는 늘 함께 웃고 함께 울었다. 픽업도 같이 다니고, 비 오는 날엔 막걸리 한 잔하면서 피곤함과 스트레스를 달랬다. 더우면 덥다고 한 잔, 추우면 춥다고 한 잔, 거의 매일 일이 끝나고 나면 간단히 저녁을 먹고 헤어졌다. 매일 막노동을 해야 되는 부서이다 보니 한 잔 술의 힘이 일의 에너지를 보태주었다.

2년 6개월을 근무하고 지원과장을 거쳐서 농산물시장우체국장으로 발령 났다. 다른 우체국보다 목표달성이 어려운 곳이라서 일일 수금을 해야 했다. 직원들 불만이 냄새 많이 나는 시장에 수금을 매일 해야 한다는 것이었다. 농산물 시장 수금을 하는데 소요 시간은 약 2시간이 조금 더 걸렸다. 생선 및 건어물, 채소, 과일 등 종류별로 시장이 있었는데 그중에 생선시장 쪽은 냄새가 많이 났다. 그것뿐만 아니라 몸도 약한데 가방을 두 시간 동안 어깨에 메고 걸어 다녀야 한다는 건 쉬운 일이 아니었다. 매일 나가야 하지만 직원들은 2~3일에 한 번씩 다니고 있었다. 우리에게 수금을 맡기시는 분들은 매일 방문하지 않아서 목돈이 된다는 이유로 불만이 많았다. 적금이 만기가 되면 다시는 이용하지 않겠다고 가는 곳마다 말씀하셨다. 농산물시장우체국에서 내가 할 수 있는 일은 일일 수금을 직원들에게 맡기지 않고 직접 나가는 것이었다. 직원들 대신 내가 매일 수금을 다녔다. 비가와도 하루도 빠짐없이 나가서 대화가 필요하신 분들은 대화도 해드리고 아주 친해졌다.

나를 믿고 큰 금액도 맡겨주신 분도 많이 생겼다. 덕분에 실적도 많이 올랐고 매번 꼴찌하던 우체국이 상위 그룹까지 갔다. 어디에 근무하던지 근무환경에 맞는 나의 일을 찾아서 열심히 했다. 힘든 만큼 보람도 컸다.

집과 가까운 우체국으로 발령이 났다. 몇 년을 근무하고 했는데 남편이 부산우정청에 근무하다가 승진을 위해 내가 근무하는 우체국으로 발령을 받았다. 할 수 없이 총괄국에는 근무를 못 하고 관내국에 가야만 했다. 부전1동우체국은 부산 중심지에 있어서 많이 바쁜 곳이었다. 총괄국장님은 "업무도 많고 잘해 낼 수 있는 사람은 강 국장 밖에 없으니 거기서 조금만 고생해 주면 남편이 승진해 나가면 평정을 줄 테니 고생 좀 해줘라."라고 하셨다. 부부가 같이 총괄국에 근무하기는 불편하니 흔쾌히 그러겠다고 했고 내가 일을 잘한다고 인정해 주시는 것 같이 기분이 좋았다.

발령이 났다. 다른 곳에서 근무했던 것과 마찬가지로 직원들의 애로사항을 청취했고 이곳은 고객이 많은 곳이라서 창구에 고객이 많을 때 지원처리 해주는 게 급선무였다. 대기 인원이 3명 이상만 되면 바로 창구에 앉아서 지원을 해주었고 직원들과 손을 맞춰서 열심히 노력한 결과 성적도 많이 올랐다. 직원들이 환경 이외는 불만이 없다고 말할 정도로 분위기가 좋아졌다.

그러다가 남편이 승진해서 나갔다. 이제 총괄국으로 발령나기를 기대하고 있었다. 그런데 갑자기 총괄국장님이 나를 불렀다. 남편이 사무관이 돼서 한 집에 두 명은 승진이 불가해서 평정을 줄 수가 없으니 총괄국보다는 부산진우체국 관내에서 제일 좋은 우체국으로 발령을 내줄 테니 거기서 편하게 근무하라고 하셨다.

이해가 되지 않았고 이해를 할 수도 없었다. 가슴이 답답하고 어떻게 해야할지 막막했다. 방법도 없었고 발령을 나는 곳으로 갈 수밖에 없었다. 우체국외의 일은 아무것도 할 수 없는 나였기에 다른 해결책이 없었다. 누구든 붙잡고 이 상황을 어떻게 하면 되는지 물어보고 싶었다. 누구에게도 하소연할 때가 없었다. 열심히 했고 실적도 많이 내고, 직원들과도 잘 지냈고, 스스로 한 점 부끄럼이 없을 정도로 노력하고 오로지 우체국 업무에 올인했는데 남편이 사무관이라는 이유로 주던 평정을 아래로 내려버렸다. 승진이 아니더라도 난 작은우체국보다 일이 좀 많더라도 큰 우체국에서 근무하는 것을 좋아한다. 그런데단지 남편으로 인해 근무 경력도 있는데 관내우체국으로 발령 낸다고 하니 어이가 없었다. 요즘 세상에 이런 일이 있다는 게 말이 되는 것일까. 하지만 나에게 이런 일이 벌어졌다.

동료 중에 뺀질뺀질하게 보이는 직원이 있었다. 그 직원은 일보다는 사람들을 많이 만나고 여러 가지 자격증 취득도 하고 개인적으로 열심히 사는 직원이었다. 그때는 그 직원이 이해가 안 됐다. 업무보다 개인의 발전에 시간을 더 보내는 것 같아 못마땅했다. 직장에 도움이 안 된다며 속으로 비난했다. 아마 질투였는지도 모르겠다. 지금 생각하면 그 직원이 현명하다는 생각이 든다. 열심히 자기계발에 집중하는 직원을 보고 나도 내 인생 마주하는 시간을 가져야 했는데 오히려 안 좋게 생각하다니 내가 참 한심하다.

난 우체국 업무 실적에 대한 연간 목표만이 내가 할 수 있는 일이고 해야 하는 일이라고 생각했다. 개인에 대한 목표가 있어야 한다고 생각은 꿈에도 하지 못했다.

기회는 준비된 사람에게 온다고 했다. 《본깨적》의 저자인 박상배 본부장님의 경험담을 들은 적이 있다. 박상배 본부장님은 강의를 들으러 가기 전에 꼭 Before를 준비해 간다고 했다.

내가 강의를 한다고 생각하고 준비를 해서 강의를 하시는 분과 차이점을 비교해 본다고 했다. 하루는 평소대로 열심히 준비하고 강의를 들으러 갔는데 마침 한 분이 결강했다고 한다. 거기서 대신 강의할 사람을 찾았고 본부장님이 준비된 자료로 강의를 멋지게 끝냈다고 했다. 그때의 인연이 지금까지 지속할 수 있었다고 한다.

난 업무 외에는 아무것도 준비된 것이 없다. 심지어 소중한 가정도, 친구도 외면하고 앞만 보고 직장에 매달려 왔고 최선을 다했는데 지금 내 모습은 어떤가. 어려운 처지에 와도 내가 할 수 있는 일은 아무것도 없고 꿈도 희망도 없이 그대로 하던 일을 해 나갈 수밖에 없다. 못마땅해도 참고 조용히 있어야 한다.

목표로 삼았던 승진도 물 건너가고 앞으로 내 인생에 뭐가 있을까?

어떻게 살아야 할까?

꿈도 희망도 사라진 지금 무슨 재미로 이 일을 해야 하지?

직장을 떠난 내 인생은 빈껍데기이고 남아 있는 게 아무것도 없다.

자식 교육에 올인하는 시대

요즘은 자식 교육에 올인하느라 자기를 뒤돌아볼 틈이 없다. 요즘 우리 직원의 일과를 보면 온종일 자녀 학원, 학교 선생님과 메모를 해 가며 하루의 반은 애들을 위한 소통으로 살아가고 있다. 사무실에서도 거의 자녀 얘기들을 한다. 아침에 출근하면 전화해서 "일어나서 밥 먹어라." "학원 갈 시간이다." "학원에 도착했나?" "재미는 있었나?" "선생님이 뭐라고 하시더냐?" "점심 먹어라." "다음 학원 준비는 다 했나?" 일과를 사무실에서 체크를 한다. 사무실에 앉아서도 집에서 컴퓨터만 한다고 걱정, 말을 안 듣는다고 걱정, 사춘기 얘기, 온통 애들 얘기뿐이다. 늘 애들 걱정이고 애들 기쁨이 내 기쁨이고 애들 행복이 내 행복이다.

공부 잘하고 좋은 대학에 가는 것이 애들의 목표이자 부모의 목표이다. 애들 인성보다는 학교 성적이 우선이다. 다른 모든 건 용서해도 성적 나쁜 건 용서

못 한다. 자식들 다 커서 부모를 떠나게 되면 어떻게 할 거냐고 가끔 질문한다. 내 자식은 남의 자식과 다르다고 생각한다. 내가 애들 키울 때와는 정말 다르다. 그런 젊은 부모들이 부럽다. 다시 돌아가면 나도 다른 엄마들처럼 자녀에게 올인하며 한 번 살아보고 싶다. 차라리 직장보다는 자식에게 시간을 투자하는게 나을지 모르겠다는 생각이 든다.

어느덧 훌쩍 커버린 자식들을 보면 미안한 마음이 크다. 난 큰 애 초등학교 1학년 때부터 준비물 한 번 챙겨준 적이 없다. 성적에도 별로 관심이 없었다. 공부하라고 해 본 적이 없다. 그냥 말썽만 안 피우면 그만이었다. 난 잔소리를 안 하는 좋은 엄마였다. 남들처럼 집에서 온종일 봐주지도 못하는 미안한 마음에 애들이 잘 못 해도 뭐라고 할 수 없었다. 다행히는 우리 애들은 말썽을 피우지 않았다. 맞벌이 부부 애들은 타고 난다고 하더니 우리 애들이 그랬다.

그런데 한 번은 지갑에 돈이 없어졌다. 남편이 가져간 줄 알았는데 아니라는 걸 알았다. 큰 애가 의심되었다. 직장에 외출을 내고 큰아들의 학교에 찾아갔다. 마침 체육 시간이었고 선생님께 양해를 구하고 큰아들의 가방을 뒤졌다. 가방 앞쪽에 6만 원이 있었다. 가슴이 철렁했다. 이걸 어떻게 할까? 어떻게 해야 애한테 상처가 가지 않으면서 앞으로의 습관을 고칠 수 있을까? 고민하다가 선생님께 말씀드리고 큰아들을 데리고 나왔다.

제일 먼저 미용실로 갔다. 머리를 깔끔하게 자르고 아들이 좋아하는 걸 먹으러 갔다. 좋게 얘기했지만 생각해보니 아들이 잘못했을 때마다 미용실에 가서 머리를 정리해 줬던 게 아들에게 콤플렉스가 되지 않았나 하는 생각이 들었다. 그래서일까? 아들은 머리 자르는 것에 대해 대단히 예민한 편이었다.

뒤늦게 교회를 다니게 된 남편은 아는 집사님의 자녀와 같이 충청도에 있는 대안학교로 고등학교를 보냈다. 생각보다 학교 생활도 잘하고 학교 선택도 잘

했다는 생각을 했다. 거기는 기숙사 생활을 했고 방학 때만 집으로 왔다. 수업 과정도 정규수업 70%에 나머지는 인성에 관련된 수업들로 채워져 있었다. 독서 시간도 있었고 취미 활동도 많이 했고, 한 번씩 외국에도 갔다. 학교 생활에 대체로 만족하던 중 문제가 생겼다. 머리와 교복 자율화를 하는 학교인데 학교에서 갑자기 교복이나 머리 중 하나는 학교의 지시대로 해야 한다고 했다. 아들을 비롯한 학생들은 머리는 자율화하고 교복을 입겠다고 했는데 학교에서는 머리도 짧게 깎으라고 했다. 그동안 학교생활을 잘해왔던 터라 걱정 안 하고 있었는데 학교에서 전화가 왔다.

아이가 머리 자율화 문제로 학교에 적응을 못해서 일주일만 집에서 데리고 있다가 보내라는 것이었다. 그렇게 아이가 집으로 왔다. 평소 착한 성격이었고, 그냥 보기에는 아무 이상이 없어 보였다. 집으로 온 아이와 대화 중 머리 얘기가 나왔다. 그러자 아들은 갑자기 거실 유리에 머리를 쥐어박고 상상도 못할 만큼 흥분을 했다.

남편도 천안으로 교육을 가 있어서 없는 상태였고 어떻게 할까 생각하다가 청소년 상담센터로 데리고 갔다. 선생님은 아들이 하고 싶은 말을 잘해서 별문제는 없을 거라고 했고 집으로 돌아왔다. 머리에 민감하다는 말을 들으니 갑자기 내가 무슨 일이 있을 때마다 미용실에 가서 머리를 자르고 맛있는 걸 먹여서 그런 결과가 아닐까 하는 생각이 들었다. 나는 그냥 좋은 의미에서 그렇게 한 건데 잘못을 한 아들은 죄책감이 있었으므로 그것을 벌 받는 거라고 늘 생각했던 것 같다. 그 상처가 얼마나 마음에 상처로 남아 있었을까 생각하니 가슴이 아팠다. 그래도 잘 자라준 아들이 고맙고 대견하다.

작은아들도 마찬가지다. 태어나자마자 작은언니의 집에서 자라면서 얼굴은 거의 명절 때 한 번 정도만 보고 지내다가 고등학교 2학년 때부터 우리 집에 왔다. 오랫동안 같이 지내지 않다가 함께 있으니 솔직히 귀찮은 적도 많았다. 고등학교 3학년 때 자율학습을 하기 싫다고 하는 것을 얘기도 들어보지 않고 무작정 억지로 수업을 보냈다. 《내 아이를 위한 감정코칭》을 읽으면서 얼마나 아이들에게 미안했는지 모른다. 애들 감정을 먼저 헤아리고 스스로 해결책을 찾도록 해야 하는데 나는 내 생각만으로 학교로 보냈다. 아이의 감정을 읽어보려고 노력 해본 적이 없다. 자식에게 올인하는 부모들을 보면, 나는 내 아이에게 그렇게 해 주지 못해 미안하다. 직장생활을 하느라 남들처럼 자식에게 많은 관심도 가지지 못해보고 이런 상황이 오니 후회가 된다.

애들이 "엄마가 해 준 게 뭐가 있나?"라고 말한다면 정말 할 말이 없을 것 같다. 그런데 "엄마, 아빠에게 감사합니다." "우리 부모님, 낳아주셔서 감사합니다." 라고 말하는 아들을 보면 절로 미안한 마음이 더 생긴다. 말도 안 되는 사유로 승진까지 배제하는 직장을 위해서 자식한테조차 마음의 여유도 없이 사랑도 제대로 주지 못하고 지냈다는 말인가?

우리 어릴 때는 자식들만 남겨두고 부모님들은 논밭 일을 나가신다. 친구들끼리 논에서 축구도 하고 산에 가서 나무도 하고 소꿉놀이도 하고 시간을 보냈다. 과외 같은 건 있었지만 특별한 아이들만 받을 수 있었고 나는 엄두도 내지 못했다. 그래서 예전에는 개천에서 용난다는 말이 있는데 요즘은 개천에서 용이 못 난다고 한다. 요즘은 그만큼 시키고 가르치지 않으면 따라가기 힘들다는 말이다. 특별한 재능을 가지고 태어나서 성공하는 사람은 있겠지만, 열심히 공부하고 노력할 수 있는 분위기를 만들어 주는 게 부모의 의무이기도 하다.

자식에게만 올인해서 자기 인생을 죽이는 것도 문제가 있지만, 자식에게 시간을 너무 할애하지 못한 부모이기에 정말 후회가 된다. 남편과 나는 은퇴를 얼마 남겨놓지 않은 지금에 와서 아이들을 생각하고 후회를 한다.

집에 TV와 소파를 없애고 거실에 책으로 가득 채우고 있다. 애들 어릴 때 이렇게 했으면 얼마나 좋았을까? 지나간 세월을 탓해봤자 돌이킬 수도 없는 일이다.

세월은 흘러서 자식들 키우느라 미래를 준비 못 했다는 말을 할 수 있으면 차라리 더 괜찮을 것 같다. 그래도 어떻게 일이 자식보다 우선일 수가 있었는지 나를 진지하게 돌아보지 못한 나 자신이 밉다.

30년 노후 생활

　퇴직을 하고도 인생은 30년이 더 남는다고 한다. 그런 말을 인정하면서도 준비할 생각은 못 했다. 우체국을 그만두면 연금만 받으면 된다고 생각했다. 그것으로 노후 준비는 다 된 거라고 믿고 살았다. 그나마 취미는 탁구라도 있으니까 심심하면 탁구를 치면서 놀면 되니 노후 생활은 완벽하다고 생각했다. 고민할 이유가 없었다. 명예퇴직하고 나간 직원들이 사무실에 가끔 볼 일도 볼 겸 겸사겸사 찾아온다. 오랜만에 보면 회사에 다닐 때보다 얼굴도 좋아지고 즐거워 보인다. 우리도 그만두면 저렇게 즐겁게 지낼 수 있다고 생각한다. 그러나 퇴직한 지 조금 오래된 사람들은 얼굴을 보면 그다지 재미있어 보이질 않는다. 매일 반복적인 일을 하지 않고 내가 하고 싶은 일을 하려면 어떻게 해야 할까?

　병아리가 알에서 나오기 위해서는 힘든 고통을 참아야 한다. 힘들다고 참지 못하고 알을 깨지 못하면 계란 후라이 밖에 되지 못한다. 우리의 은퇴 준비도 마찬가지다.

직장생활을 한다고 힘들다고 미리 준비하지 않으면 은퇴 후 내 인생은 따분하게 몇십 년을 더 보내는 일만 기다린다. 30년 이상 같은 일을 하다 보면 다른 일을 하기가 쉽지가 않다. 퇴직 후 30년의 생을 잘 살아가기 위해서는 잘 적응하기 위한 근육을 만들어야 한다. 그 근육을 만드는 데 10년 넘게 걸린다. 직장에 매여 있어서 시간이 없다고 생각하는 사람들이 있다면 내가 하는 일을 시간대 별로 적어보자. 꼭 해야 할 일을 하고 있는지 체크하자. 미래를 위한 준비를 할 시간이 하루 30분도 안 되는지 생각해 보자. 하루 30분의 준비가 은퇴 후 30년의 세월을 어떻게 살지 좌우되기도 한다. 퇴직이 10년이 남지 않았다면 지금이라도 준비하면 된다. 시간이 얼마 없다고 준비하지 않으면 또 얼마의 시간이 지났을 때 그때부터 준비할 걸 하고 후회하는 날이 올 수도 있다.

70세부터 새로운 일을 찾아 재미있게 사시는 분들의 사례도 많다. 늦다고 생각할 때가 빠를 수도 있다. 아무 생각 없이 살면 우선은 편하다. 모두가 지금의 내 행동이나 상황에 익숙해져 있기 때문이다. 익숙해진 것과 다른 것을 생각하는 건 왠지 불편하다. 나도 그랬다. 세월이 가면 나도 무슨 일인가 하고 있겠지. 준비도 하지 않으면서 지금까지 잘 적응하고 무슨 일이든 해냈는데 나만 믿으면 된다고 생각했고, 늘 나에게는 행운이 같이 온다고 생각했다.

3년 전에 전남대 교수인 친구가 별장을 지었다며 여름휴가를 오라고 했다. 둘째아들, 남편과 셋이서 전라도로 여름휴가를 갔다. 아직 완성되진 않았지만, 공기 좋고 터 넓은 곳에 예쁘게 지어졌다. 밤새 친구는 대학생인 둘째 아들에 대한 장래에 대해 생각하게 해주었고, 그날 밤 아들은 미래에 대해 생각하느라 전과까지 고민했다.

다음 날 친구는 연구실에 가야 한다고 우리끼리 놀 수 있는 관광지를 여러 곳 소개해줘서 여행을 마음껏 즐겼다. 둘째 아들은 전공을 바꾸는 문제로 다음 날까지 고민하더니 결국 그대로 한다는 결정을 내렸다. 지금 하는 일본어 전공은 잘하니까 편하게 할 수 있는데 전공을 바꾸면 다시 처음부터 공부해야 하므로 아마 쉽게 결정을 내리기 힘들었을 것이다. 익숙한 것을 하는 게 편하다고 결론을 내린 것 같았다.

저녁에 다시 친구의 별장으로 왔다. 저녁 식사 준비를 하기 위해서 인근 시장에 장 보러 갔다. 시골길이라 잡초가 많아 걸어 다니기 편하지는 않았다. 가끔 동네 어르신이 보였다. 친구는 어르신에게 90도로 고개 숙여 인사를 했다. 만나는 사람들마다 그 집에 애들 얘기며 숟가락이 몇 개인지도 얘기해줬다. 아직도 젊다면 젊은 나이인데 조금 신기했다.

학교에서 애들을 가르치는 것도 힘들 텐데 주말마다 별장에 와서 채소를 키우고 동물들도 돌보며 동네 어르신들과 만남의 시간도 가진다는 게 대단했다. 친구는 별장 주위에 여러 가지 채소들을 재배하고 있었고, 타조, 거위, 닭 등을 키우고 있었다. 시간 날 때마다 이곳에 와서 정성껏 일한다고 했다.

교수만 해도 충분히 먹고 살 수 있고 노년은 걱정 안 해도 되는데 왜 이렇게 미리 서두르느냐고 물었다. 친구는 퇴직 후 다른 인생을 살기 위해서는 10년 이상이 걸린다고 했다. 그래서 미리 준비하는 거라고 했다. 친구는 목표나 자기 관리가 분명했다. 우리는 흔히 일을 그만두면 시골에 가서 농사 지으면 된다고 얘기한다. 하지만 아무런 준비 없이 농사를 지으려고 하면, 어르신들한테 따돌림을 당하고 인정해주지도 않을 뿐 아니라 조금 하다가 포기하게 된다고 했다. 구구절절 맞는 말이었다. 아무 생각도 없이 사는 나와는 다르게 살고 있었다. 친구가 "나이 먹고 살기 힘들면 몇 평 떼 줄 테니 여기 와서 살아라."라고 했다. 농담이었지만 그런 친구가 있다는 게 좋았다.

돌아오는 길에 '10년 전부터 준비해야 한다.'는 말이 계속 떠올랐다. 그러나 생각만으로 끝이었다. 주위 환경이 그랬고 퇴직 후 생활을 생각하기엔 마음의 준비가 전혀 없었다. 공무원 일만 30년 살아온 내가 뭘 할 수 있을지 아무리 생각해도 할 수 있는 것이 없었다. 며칠 생각하다가 잊어버린다.

공무원으로 정년 퇴직하면 사기당하기도 쉽고 사업을 시작하면 망한다고들 한다. 내 주위에 정년퇴직하고 재산을 늘리기 위해 주식에 투자하다가 마음 고생으로 병에 걸려 돌아가신 분이 있다. 같이 근무하던 상사도 전셋집에서 살면서 퇴직금만 있었는데 그것마저도 몽땅 날려버리고 매일 술만 마시다가 돌아가셨다.

정년퇴직하고 시작하려고 해도 할 수 있는 게 없다. 할 수 있는 능력도 안 된다. 미리 준비되지 않는 이상 내가 할 수 있는 게 당연히 없다. 지식도 떠나고 없고, 배짱도 없고 무엇보다 힘든 것은 더 하기 싫다.

친구의 말처럼 10년 전에 스스로 개발하고 찾아보지 않으면 안 된다. 그렇지만 당장 급하지도 않고 무엇보다 이 생활에 익숙하고 편하다. 한 번씩은 나의 특기가 뭘까 생각해본다. 술을 잘 마시고 잘 놀고 잘 어울리는 것. 이것으로 30년 노후 생활을 어떻게 할 수 있을까? 누구나 할 수 있는 이런 능력으로 뭘 연계해서 할 수 있을까, 이제는 10년도 남지 않은 정년 후 생활이 솔직히 조금씩 걱정이 되었다. 10년이 넘게 남을 때와는 느낌이 완전히 다르다. 이제야 책을 보고 배우러 다닌다.

대학생들이 또는 나이가 많아도 3~40대로 보이는 사람들이 열심히 무언가하는 모습을 보면 부럽기만 하다. 조금만 공무원이 아닌 다른 세상을 용기 내서 봤더라면 얼마나 좋았을까. 젊었을 때 고생은 사서도 한다는데 앞에 보이는 편한 인생만 찾아서 헛된 시간을 보냈다.

이 글을 보는 누군가 중에 노후에 관해서 잠깐이라도 생각할 여유가 된다면 '다음'이라는 단어를 쓰지 말고 바로 은퇴 준비를 시작했으면 한다. 책을 보더라도 40세 안에 봐야 기억도 잘되고 이해도 빠르다고 했다. 늦게 시작하면 진도도 잘 안 나가고 몇 배의 노력과 힘이 든다. 마음이 급해지면 효과도 떨어진다. 급하지 않을 때 시작했으면 한다.

노후생활을 어떻게 하고 있을지 미리 상상해보는 것도 괜찮은 방법일 것 같다. 모두에게 무시당하고 힘없이 가만히 앉아 있는 모습과 내 일을 하면서 지금처럼 바쁘게 살아가는 모습을 상상하면 미리 준비해야 하지 않을까?

'간다 마사노리'에 이런 말이 있다. '99%의 사람은 현재를 보면서 미래가 어떻게 될 것인지 추측하고 1%의 사람은 미래를 내다보면서 지금 현재 어떻게 해야 할지를 결정한다. 그리고 대부분 사람은 1%의 사람들을 이해하기 어렵다.'고 한다. 우리도 1%의 사람이 되자. 나의 미래를 상상해 보고 지금 뭘 해야 할지 결정해 보자.

달려오다 보니
은퇴가 보인다

월급날이 오면 선배들의 월급을 보고 부러워 했다. 선배들은 부러워 하는 날 보며 "월급과 나이를 바꾸자."고 말했다. 이제는 처지가 바뀌었다. 후배들이 나한테 "월급이 많아서 좋겠어요." 이러면 내가 나이와 바꾸자고 한다. 옛날 생각하면 바로 어제 같은데 벌써 은퇴가 얼마 남지 않았다.

주위에 전부 언니밖에 없었는데 이제 나보다 많은 사람들이 몇 사람이 안 된다. 나는 어딜 가도 나이가 많은 편에 들어간다. 아직 내 나이가 50이 넘은 게 믿기지 않을 때가 있지만 새내기들을 보면 세월을 실감한다. 나이가 들수록 더 빠른 속도로 세월을 느낀다고 했던가.

창원에 '청춘 도다리'라는 강연 모임이 있었다. 독서 기본 과정에서 '청춘도다리'라는 명칭을 처음 들었다. '도다리'라는 말에 먹는 회 이름인 줄 알고 관심을 가지지 않았다.

독서모임인 '단무지'에서 독서 기본과정에서 만난 창원 분들이 청춘도다리에 꼭 오라고 했다. 이름이 도다리라서 뭔가 먹고 마시는 모임 같았다. 밴드에 초대해주어서 남편과 같이 창원으로 갔다. 마침 1주년 행사를 하는 날이었다. 무슨 이런 모임이 있나 싶었다. 모두가 하나가 되어 같이 울고 웃고 격려해주고 안아준다. 모임은 20명이 넘으면 유지가 잘 안 되고 갈등이 생기기 십상인데, 여기는 인원이 50~60명이 되는데도 모두가 친했다. 서로 따뜻하게 맞이해주고 재미있고, 의미있고, 아카데미가 있는 곳이었다. 모임이 유지가 안 되는 것은 모임에 이 세 요소가 다 갖춰지지 않았기 때문이다.

첫 번째 모임이 갔을 때 느낌이 좋았다. 다음 달 두 번째 때는 북콘서트를 한다고 했다. 저자들의 강연도 처음인 내게 모두 새로운 경험이었다. 참석할 때마다 감동이 더해졌다. 강연을 마치고 2차 뒤풀이에 참석했다. 늦게 참석한 회원의 말이 기억난다. 그도 나와 같이 1주년 때 참석한 모양이었다.

'내가 찾던 게 이런 분위기였는데. 왜 이제야 내 앞에 나타났는지……. 도대체 이 자리가 뭔지…….'

무한감동에 젖어 울먹울먹 말을 이어갔다. 여태 남의 눈치 보느라 어렵게 살았는데 이렇게 나를 볼 수 있고 나를 생각할 수 있는 자리가 얼마나 감격스러운지 모르겠다. 뭐라 표현 못 할 만큼 감동이 몰려온다. '이게 뭐지?'를 연속으로 말하면서 계속 이어갔다.

"처음에는 어떤 다단계라고 생각했어요. 이렇게 해놓고 나에게 뭔가 팔 것이라고 생각했죠. 아니고서야 어떻게 이렇게 나를 감동하게 할 수 있겠어요."

나도 처음에는 이상한 종교집단이 아닐까 생각했다. 내가 그동안 만난 세상과는 뭔가가 다른 분위기였다. 말하는 내내 같이 공감하면서 그렇게 얘기하는 30대 회원이 부러웠다.

황수진 작가님의 《너를 있는 그대로 사랑해》 강연을 들으면서 우리 애들 생각이 많이 났다. 큰아들은 경기를 자주 했다. 아들 둘 다 틱 장애가 조금씩 있었다. 경기하는 큰아들 걱정보다는 출근을 못할까봐 더 걱정했다. 둘째 아들의 틱 장애는 오락을 많이 해서 그렇다고 단정하고 쓸데없는 행동에 짜증만 냈다. 그런 생각을 하면서 듣는 내내 같이 모여 있는 사람들이 대단한 분들이라고 생각했다.

'청춘 도다리' 모임의 사람들은 개인적으로 알고 친한 사람들이 아니라 단지 이 모임을 통해서 알게 되었고 특별히 아는 것도 없는데 매일 본 사람들처럼 서로 진심을 터놓고 얘기한다. 난 온라인 상에 밴드 모임 등에 대해서는 좀 안 좋게 생각했다. 모르는 다수이고, 또 어떤 사람들이 있을지 모른다는 생각에 멀리하는 편이었다. 하지만 이 청춘 도다리는 내가 아는 밴드 중에 최고의 밴드였다. 서로의 꿈을 응원해주고 용기를 심어준다. 힘들어하는 사람들에게 위로해 주는 곳이다. 세상은 넓고 좋은 사람들이 많다.

모임을 마치고 부산으로 오니 자정이 넘었다. 남편과 업무를 마치고 창원까지 가서 행사를 마치고 돌아오는 길인데, 피곤함보다는 감동이 남았다. 명절 때 새로 산 옷, 신발을 보면 설레었던 그런 기분이 든다는 사실에 서로를 바라보며 신기해했다.

난 조금 늦게까지 엄마 젖을 먹었다. 호롱불에 초가집에서 우물물을 퍼기 위해 엄마 치마를 잡고 졸졸 따라가던 시절, 동네 애들과 소꿉놀이 딱지치기, 구슬놀이하던 때가 엊그제 같은데 벌써 은퇴가 10년도 남지 않았다. 세월이 정말 빠르다는 생각이 든다.

대학교 1학년 때 야학교사를 했다. 그 시절에 40대 후반쯤 되는 한 분이 기억난다. 성실하게 수업하던 중 어느 날 안 나와서 걱정이 되었다. 알고보니 내가 원인이었다. 수업 시간에 질문을 했는데 학생들이 힘없는 표정으로 고개만 돌리고 있어서 재미있게 하려고 "도리도리하십니까."하고 농담으로 말한 건데 그분은 자존심이 상했다고 했다. 나의 말실수로 벌어진 상황이어서 그분의 집까지 찾아가서 무릎을 꿇고 사과를 했다.

그때 내가 아무리 좋은 의미였더라도 서로 처지가 다르다 보니 완전히 다르게 해석 된다는 것을 깨달았다. 하지만 어렸던 내게는 받아들이기 쉽지 않았다. 대학교를 중퇴한 이유는 가정 형편상의 원인도 있었지만 아마 이런 상황도 한몫했던 것 같다. 늦둥이다 보니 어려우면 누군가 옆에서 해결해주고 얘기만 하면 모든 일이 처리되었다. 그분께 진심으로 빌기는 했지만, 그 상황이 나에게는 힘들었던 것 같다. 야학을 그만두고 싶은데 핑계는 없고 학교를 그만두고 공무원을 하면 이 상황을 자연스럽게 피할 수 있다고 생각했다. 비겁하게 피하지만 말고 힘들어도 참고 나를 성장하는 계기로 삼았으면 내가 지금 다른 삶을 살고 있을지도 모른다.

직장생활을 하면서도 눈 앞에 보이는 편한 길만 찾아서 쫓다 보니 아무런 준비가 되어 있지 않다는 생각이 든다. 은퇴가 10년도 남지 않은 상황에서 나를 둘러보니 모든 것이 나 스스로 만든 것이다. 누구도 원망할 수 없다.

우리 부부는 서로의 소중함을 알지 못했다. 우리는 늘 변함없이 옆에만 있을 줄 알았다. 남편은 거의 매일 새벽 2시를 넘어서 들어왔고, 대화할 시간도, 다툴 시간도 여유도 없었다. 다른 부부도 다 우리처럼 산다고 생각했다. 남들과 다르다고 생각했으면 우리 생활이 지금과 달랐을까?

이 시점에서 서로를 보게 되고, 이제서야 가족의 소중함을 느낀다. 새벽에 일어나 대화를 하고 서로에게 좋은 말을 건넨다. 남편이 O형이라서 대화가 되지 않는다는 것은 나 혼자만의 잘못된 생각이었다. 지금은 나의 말벗이고 늘 내 곁을 지켜주는 든든한 지원군이고 소중한 남편이다.

나는 잘하는 사람만이 연습하는 줄 알았다. 난 잘해 보려고 일부러 노력한 적이 한 번도 없었던 것 같다. 조금만 힘들면 손에서 놓고 도망치려고 했다. 지금 생각하면 젊었을 때 조금 더 자신 있게 도전하지 못했는지 생각하게 된다.

얼마 전에 퇴직하신 국장님과 사모님이 알뜰폰을 구매하러 오셨다. 사모님은 첫 발령지 하동에 있을 때 '언니' 하면서 친하게 지냈다. 그때가 20대인 시절이었다. 그런데 같이 국장님의 딸이 벌써 서른이 넘었다고 한다.

대학생 250명을 대상으로 거울이 비치된 실험실에서 한 집단에 검버섯이 피고 머리숱이 없는 백발의 초라한 모습을 보게 했다. 그 모습만 보게 했을 뿐인데 미래에 대한 계획 준비는 초라한 모습을 보지 못한 다른 집단에 비해 200% 이상 준비를 미리 한다고 했다고 한다.

은퇴 후 내습을 거울 속으로 한번 바라보자. 백발로 힘없는 노인으로 되어 있을까? 아니면 전문직 여성으로 성공하여 자신감 넘치는 표정을 하고 있을까?

후회만 하고 있다

조금만 빨리 시작했더라면 얼마나 좋았을까.

'~했더라면······.' 이런 단어만 쓰면서 후회만 하고 있다. 시간은 한 번 가버리면 돌아오지 않는다. 지금 이 글을 쓰고 있는 순간도 금세 지나 가버리고 다시 올 수 없다.

남편과 나는 늦둥이라서 결혼 전부터 부모님이 안 계셨다. 형제들의 나이도 비슷하다. 신규 동기로 교육원에서 알게 되었고 첫 발령지가 같은 하동이었다. 발령 받고 갔는데 남편이 하루 더 빨리 발령받아서 일하고 있었다. 그때는 결혼까지 할 거라고 생각은 못 했지만, 그 당시 국장님이 우리만 같이 있으면 "둘이 결혼하면 되겠네."하고 말씀하셨다. 술을 좋아하는 남편은 같이 근무하는 당시에 매일 술을 마셨고, 귀가가 늦었다. 난 하숙을 하다가 하동에 근무하는 기간이 길어지자, 같이 근무하는 언니 2명이 같이 자취를 해 준다고 해서 자취

생활을 했다. 하루는 새벽에 우리가 사는 집 유리창 문을 누군가 막 두드리는 것이었다. 지금의 남편을 다른 직원이 급하게 찾았다. 어머니가 돌아가셨다고 한다. 그날 남편은 집에 안 가고 어딘가에서 외박한 것 같았다.

같은 우체국에 근무하다 보니 조문을 가게 됐다. 그 길에 남편이 외박을 잘 했던 이유를 알았다. 집으로 가는 길은 가로등이 없는 논길이었는데 길이 좁기도 해서 어두워지면 갈 수가 없었다고 한다.

2년이 지나고 난 부산으로 발령 받아왔다. 남편과 인연이 된 계기는 남편이 7급 공채시험 준비를 한다고 나에게 책을 좀 사 보내달라고 했다. 그런데 책값이 나에게 큰 금액이었다. 그런데 며칠이 지나도 책값을 주지 않았다. 내가 계속 돈 달라고 전화하면서 정이 들었고 한 번씩 만나다 보니 자연스럽게 결혼하게 되었다.

엄마와 언니들의 반대가 심했다. 남편은 가진 것도 없고 키가 너무 작다는 것이었다. 난 조건 같은 것은 생각하지도 않았고, 남들이 말하는 콩깍지가 씌었는지 키가 작은 건 눈에 들어오지 않았다. 무조건 좋았다. 우리가 서로 좋아하고 있을 때 친정엄마가 자궁암이란 걸 알았다. 결혼은 하지 않았지만, 병간호할 사람이 없어서 내가 거의 엄마 병실에 있었고 남편도 같이 병실을 지켜줬다.

엄마가 돌아가시던 날도 난 사랑하는 남편이 옆에 있으니 솔직히 눈물이 잘 나지 않았다. 엄마보다 뒤에 만난 남편으로 인해 엄마를 잃은 슬픈 마음이 적었다는 것이 지금은 믿어지지 않는다. 그때는 남편으로 인해 엄마를 잃은 슬픔을 많이 덜 수가 있었다.

남편은 3일 연가를 내서 정신이 없는 우리 가족을 대신해서 장래 준비를 알아서 다 처리해줬다. 서울에 살던 오빠는 영문도 모르는 채 엄마의 장례를 마치고 난 다음에 "저 사람은 누구지?"하고 물었다. 옆에서 언니가 내 남자친구라고 얘기했다.

예전에 못마땅하게 여겼던 그 목소리는 아니었다. 오빠는 일처리하는 것을 보더니 막내를 맡겨도 되겠다고 했다. 엄마와 작은언니랑 살았는데 엄마 돌아가시고 작은언니 또한 곧 결혼할 예정이어서 나 혼자 사는 게 오빠는 불안했던 모양이다. 아버지는 내가 초등학교 2학년 때 돌아가셔서 엄마가 일하러 가시고 나면 오빠와 나는 늘 둘이 있었고 오빠가 날 돌봐줬다. 우리는 엄마가 돌아가시고 한 해에 3명이 한 달 사이로 다 결혼했다.

언니가 결혼한 뒤 내가 결혼할 때까지 동거를 시작했고. 그때 임신해서 입덧이 심했던 까닭에 결혼식 날도 행복하지 않았다. 제주도로 신혼여행을 갔을 때도 몸이 힘들어 여행길이 쉽지 않았다. 철없는 나이에 결혼해서 애도 일찍 낳았다. 달콤한 신혼생활이 될 수 없었다. 아이를 봐줄 사람이 없어서 아침마다 전쟁을 치렀다.

남편은 6시부터 집에 들어오는 새벽까지 전화도 받지 않았다. 늘 만취 상태로 들어왔고, 난 40대 초반까지 잠도 안 자고 기다렸다. 한 번은 받지도 않는 핸드폰을 들고 다닌다고 내가 던져서 깬 적도 있다. 그래도 출근하면 언제 싸웠냐는 듯이 서로 전화해서 모르는 업무를 물어보다 보면 싸운 것도 잊어버린다. 남편이 50대 초반까지 이런 생활의 연속이었고, 서로 무관심했다. 바깥에서는 자존심 때문에 남편에 대해서 늘 직원들에게 칭찬했고 남들이 아는 그는 모범적인 남편이었다.

보는 사람마다 우리 부부는 특이하다고 한다.

"이런 부부가 있을 수 있나. 연구 대상이야."

우리가 늘 지금처럼 잘 지내는 줄 안다. 그래서 부부 생활은 직접 해보지 않고는 알 수 없는 거라고 한다. 남들한테는 내가 살아가는 모습을 완전히 감추고 싶었다. 직장에서도 가정에서도 완벽해야만 했다. 남편은 애들 커가는 건 관심도 없었다. 나도 힘들어서 애들한테 잘해주지 못했다.

나는 남편이 매일 술과 살았지만, 각방을 써 본적은 없었다. 아무리 술을 마시고 늦게 들어와도 서로 마주 보고 자지 않으면 잠이 오지 않았다. 그렇게 지낸 것이 아들에게는 좋았던 것 같다.

어느 날, 친구의 집에 놀러 갔다. 안방에 싱글베드가 2개 있었다. 한 방에 침대가 두 개라는 사실이 놀라웠다. "방에 왜 침대가 두 개 있냐?"라고 물었다. 친구는 당연한 듯, 잘 때 불편해서 따로 잔다고 했다. 난 부부가 이렇게 떨어져 자도 된다는 거 처음 알았다. 부부는 당연히 같이 자야 하는 것으로 알았다. 만일 알았더라도 각방은 쓰지 않았을 것이다. 혼자 있는 것도 싫어하고 난 특이하게 술 냄새, 담배 냄새 따위의 냄새가 좋았다.

아주 어릴 때 아버지가 담배 심부름을 시키면 담배 위에 껍질을 조금 벗겨서 담배 냄새를 맡으며 왔다. 남편은 담배를 피우지 않았지만, 옷에 담배 냄새가 배여 있었다.

이제 생각해보면 남편도 집에 오면 재미가 없었을 거라는 생각이 들었다. 지친 내가 남편에게 좋은 얘기를 했을까? 매일 투정하는 소리뿐이었을 텐데. 어쩌면 집에 들어오기 싫었을 것이다. 그때는 그런 상황이 싫었고, 남편이 미웠다. 다른 생각을 해 볼 겨를도 없이 오로지 싫다는 생각만 했다. 말로는 이혼하자는 말을 자주 했던 것 같다. 말이 씨가 된다는데 이혼만 안 했을 뿐 우리는 행복한 가정은 아니었다.

그렇지만 남들에게 우리는 늘 행복한 부부였다. 업무도 부부생활도 남들에게 보이기 위한 것뿐이라는 생각이 들었다. 나를 솔직히 인정하고 그대로 받아들이고 뭔가 바꿔 보려고 노력했더라면 어땠을지 생각하게 된다. 아마도 생활하는 데는 훨씬 편하고 힘이 덜 들었을 텐데 늘 남들 눈에 비치는 내 모습이 더 중요했다.

후회한다고 지금 내 인생이 달라지지 않는다. 이제부터 고쳐 나가는 게 더 중요하다. 앞으로는 후회하는 일은 없다.

미래가 어떻게 될까?

우체국밖에 모르고 살아왔다. 내게는 가정보다 우체국이 전부였다. 그런데 하나의 꿈이고 인생이었던 우체국이 내가 가는 길을 잃게 했다. 태어나고 처음으로 '우울'이라는 단어를 접했다.

우체국의 일이라면 물불을 가리지 않고 열심히 일했던 나였다. 남편이 날 승진시켜주는 것은 아니지만 남편이 미웠다. 평소에도 예뻐 보이지 않았던 남편인데 그런 남편으로 인해 내 목표가 무산되다 보니 무척 괴로웠다.

최선을 다해 일했다. 그런데 단지 남편이 승진했다는 이유로 잘 받고 있던 평정을 주지 않는 게 말이 되는가. 공무원은 연봉 서열이라는 말이 있다. 경력도 되고 일도 못 하는 것도 아닌데 합당한 이유도 없이 잘 받던 평정을 밑으로 내려버리는 것은 말도 안 되는 일이었다.

예전에는 우체국은 5급 승진이 어려웠다. 인원이 몇 명 되지 않았기 때문이다. 그렇지만 요즘은 평정만 받으면 누구나 하는 승진한다. 그런데 남편으로 인해 못 해준다는 것은, 도저히 이해가 되지 않았다. 그렇지만 우울해하는 내 모습 때문에 직원들을 불편하게 할 수는 없었다. 겉으로는 표현할 수도 없고, 속은 답답하고 풀 방법도 없고, 미칠 것 같았다. 평정을 못 주니 총괄국에도 근무할 수가 없었다. 퇴직을 앞둔 국장님이 마지막 선물이라고 좋은 우체국으로 발령을 내준다는 명목으로, 당감3동 우체국으로 보내주었다. 일할 의욕도 없고 내가 열심히 하는 이유조차 없어졌다. 아무것도 모르는 관내 국장은 경력도 얼마 되지 않는데 좋은 곳으로 간다고 무슨 백이 있는 것처럼 말했다.

속상했지만 일일이 얘기할 순 없었다. 그렇지만 직원들을 위해 평소대로 전체 분위기를 위해 힘썼고 사업실적 또한 상위 그룹에 올라갔다. 분위기는 최상이었으나 내 마음은 최악이었다. 남편이 우리 우체국에 오지 않고 다른 우체국으로 갔으면 어땠을까, 생각하기도 했고 모든 것이 남편에 대한 원망으로 자리 잡았다. 자기밖에 모르는 남편이 원망스러웠다. 이 상황을 극복하기 위해서 다른 우체국으로 옮기면 사정이 바뀔 수도 있다고 생각했다. 다른 우체국 근무 신청을 했다.

근무 평정을 주겠다고 오라고 하는 우체국이 몇 국 있었다. 여러 군데 희망을 했지만, 타국에 발령조차 내주지 않았다. 앞에 다른 사람의 순서가 있기 때문이라고 했다. 그래도 그 말은 믿으려고 했다. 그러던 어느 날 남편과 같이 근무하던 직원이 내가 원하는 우체국으로 발령이 났다. 그 직원은 근무평정 때문에 고민을 하고 있었고, 어디로 갈지 몰라 고민하고 있다는 소리를 들었는데 내가 먼저 희망한 곳에 발령이 났다. 이 상황은 정말 이해할 수가 없었다. 지금까지는 정말 상황이 그럴 수도 있다고 생각했고 공평한 인사를 위해 이해하려고 했다. 이번을 계기로 나에게는 공평한 인사가 아니라는 걸 확신했다.

요즘 세상에 이런 황당한 사실이 있을 수 있을까? 이제 6급 동기들은 다 승진되었고, 후배들도 승진하고 있지만 난 아직 2번째 평정을 받고 있다. 아무리 열심히 해봤자 소용없는 현실이 싫지만, 더 힘들었던 것은 책을 봐도 해결이 안되고, 내가 할 방법이 없다는 것이었다. 세상에 안 되는 일이 없다고 하던데 이렇게 황당할 수가 없었다.

당감3동 우체국에 있을 때 팀장 책상 밑에는 2*l* 물병이 가득 있었다. 많은 물이 신기했다. 물을 마셔야 하는데 잘 안 마셔져서 매일 1병씩 먹기 위해 샀다고 했다. 나도 그래야겠다는 생각을 하고 사려고 하다가 직원이 몇 명 되지 않기에 직원들 단체로 다 샀다. 이것이 뭐라고 물 한 병씩 다 마시는 게 목표가 되었다. 그런데 이상하게 물을 한 병씩 마실 때마다 기분도 좋아지고, 뭔가 내 속에서 변화가 생기는 느낌이었다.

하루에 최소 2*l* 의 물을 마셔야 한다는 건 알지만, 밥을 먹은 후에도 그렇고 물이라고는 입에 대지도 않던 내가 하루에 2*l* 의 물을 마시면서 뭔가 이루었다는 뿌듯함을 느꼈다. 그리고 팀장은 늘 내게 용기를 줬다.

"국장님, 포기하지 마세요. 승진 시험도 치고, 인증제도 따놓고 하실 수 있는 거 다 해놓으세요."

"국장님은 됩니다. 국장님 같은 분이 승진 안 하면 누가 합니까? 나중에 준비안 해서 후회하시지 마시고 미리미리 준비는 해놓으십시오."

이 말을 입버릇처럼 얘기해줬다. 그런 팀장이 고마웠다. 희망을 잃은 나에게 용기가 되었다.

지금 당장 이 상황을 피할 수도 없고, 그냥 이대로 있어야 한다는 것이 슬펐다. 내가 할 수 있는 것은 아무것도 없다. 아무것도 하기 싫고 이 현실이 꿈이길 바랐다. 그렇지만 팀장의 말대로 마음을 먹고 5급 객관식 시험도 쳤고, 1급 인중제도 합격을 했다. CS 관리사라는 것도 자격증이 있다고 해서 시험을 쳤다. 그리고 요가강사 자격증도 땄다. 한 해에 책도 많이 사서 읽었고, 1년 동안 바쁘게 보냈다.

용기를 잃은 나에게 힘이 되었지만, 가슴 깊은 곳에 있는 답답함은 씻기지 않았다. 세상은 늘 내 편이라 생각했는데 어디서부터 내가 잘 못살아왔는지 꼬이기 시작했다. 안되는 게 없이 무난히 여기까지 왔는데 갑자기 계속 좋지 않은 일이 생기는 것 같았다. 점점 자신감도 떨어졌다.

후배들에게 밀리고 이렇게 처지는 한 사람으로 남게 되는 것일까? 우체국이 미래이고 꿈이었는데 이제 그게 다 사라진 느낌이었다. 그런데 승진이 안 된 것이 전화위복이 될 거라는 것을 그때는 몰랐다.

기회는 준비된 자에게 온다고 말했던가? 이제부터 열심히 준비해 보기로 했다. 포기하지 않고 끝까지 해결하는 것으로 생각을 바꾸었다.

남편이 다니는 우체국 국장님께 책을 선물 받았다. 그때 받은 책이 문형록 작가의 《느헤미야처럼 살아라》이다. 책 저자의 인생이 내 인생이랑 비슷했다. 문형록 작가의 첫 출발이 열심히 일한 직장에서 승진이 밀리고부터 인생의 전환점이 되었다. 새벽 4시에 일어나서 읽기 시작했는데 책을 눈에서 뗄 수가 없었다. 공감이 갔고 저자와 얘기하고 싶었다. 책 속으로 들어가고 싶었다. 나에게도 희망이 있다는 메시지를 받은 책이다.

나도 인생의 전환점을 찾고 싶었다. 절망은 또 다른 시작이라는 것을 알았다. 나도 저자처럼 우체국이 아닌 다른 곳에서 좋은 쓰임의 자리를 위함이라고 생각했다. 이제는 모든 게 내가 할 수 있고 미래를 위한 준비와 연관 지으면서 볼 수 있는 계기가 되었다. 아무런 미래가 없다고 생각한 내게 마음의 점화가 시작되었다.

제3장
준비하는 삶

독서로
시간 관리, 자기관리, 목표관리

오로지 내 꿈은 사무관 승진 하나였다. 승진 이후에 계획은 없었다. 승진이 무너진 지금 내가 할 수 있는 건 하나도 없다고 생각되었다. 집에 오면 짜증나고 남편을 원망하고 그러면서 스스로 물었다.

'남편 때문이 아니라 혹시 내게 원인이 있는 건 아닐까.'

가는 곳마다 직원들과 잘 지냈고 실적에 대한 목표 달성도 우수했다. 뭐가 문제였을까?

어느 날 남편의 검은색 바인더가 눈에 띄었고, 내 인생이 변화하는 계기가 되었다. 처음에 나 혼자서 시작한 바인더를 구체적으로 배우고 싶어서 교육 신청을 해서 배우게 되었고, 이제는 배움으로 나가는 돈은 아깝다는 생각이 들지 않았다. 바인더를 보면서 직원들도 궁금해했다.

그러던 중 《현장 본깨적》 박상배 본부장님의 저자 강의가 있다고 했다. 남편 따라 같이 갔다. 거기서 난 새로운 희망이 보였고, 독서와 시간 관리의 중요성을 깨달았다.

지금까지 내가 읽은 책은 안 읽은 거나 마찬가지라는 생각이 들었고, 책을 제대로 읽어봐야겠다는 생각을 했다. 책을 보면 인생이 변한다는 말은 들었는데 책을 보고도 내 인생에 아무런 변화가 없었다. 책을 볼 때 내가 보고 싶은 것만 보고 내 생활에 적용해 볼 생각은 한 번도 가져본 적이 없었다. 적용이 없는 독서는 아무런 변화가 없을 수밖에 없다는 것을 알았다. 몰랐던 새로운 사실을 알았고, 공부는 혼자가 아니라 타인과 같이 해야 효과가 두 배라는 것도 알게 되었다. 전부터 좋은 게 있으면 공유하기를 좋아했던 나였기에 직원들에게 이 좋은 내용을 전달해 줄 생각이 들었다. 내 인생의 터닝포인트였다. 그 이후로 바인더를 사용하는 사람들과 만났고 만나는 사람마다 목표가 뚜렷이 있었고, 삶에 대한 의욕이 있었다. 자기 생각을 잘 전달할 줄 아는 능력도 있었고 나에게는 부족한 뭔가를 다 갖추고 있는 느낌이 들었다.

'단무지'라는 1년에 한 번 있는 독서모임이 있는데 현장 본깨적 강의를 들을 때 단무지가 언급되어서 갈까 말까 고민하다가 가기로 했다. 가기로 일정을 잡고 입금까지 마쳤는데 갑자기 선거일과 겹쳐서 고민이 되었다. 다른 건 몰라도 여기는 꼭 가야 할 것 같은 생각이 들었다. 선거 우편물로 바쁘게 일할 직원들에게 미안했지만, 지금 안 가면 또 후회하는 일이 생길 수 있다는 생각이 들어싸. 직원들에게 몇 번이나 양해를 구하고 갔다. 나의 선택에 후회가 없을 정도로 좋은 시간이었다.

단무지의 모임 장소에 도착했을 때 하나같이 모두가 밝고 활기차서 어떤 종교집단 같은 느낌이 들었다. 긍정에너지가 넘치는 사람들로 꽉 차 있었다. 그 사이에 내가 있다는 것에 기분이 좋았다. 알 수 없는 눈물과 감동이 몰려왔다.

이런 사람들을 만나게 하려고, 나에게 아픔이 생긴 것 같았고, 오히려 그 상황을 지금은 고마워하고 있다. 왜 이제야 이런 자리가 내게 왔을까 하는 약간의 아쉬움도 있었지만 내게 이런 기회가 생겼다는 자체가 하나님에게 감사할 일이었다. 어려움 속에 포기하지 않고 또 다른 길을 찾아 나섰고 그 길을 찾은 느낌이다. 나는 거기서 창원 도다리 회원을 몇 분 만났다.

얘기하던 중에 한 분이 '글쓰기'를 해보라는 권유를 받았다. 평소에 내 책 한 권 가지고 싶었지만, 감히 현실이 되리라고 상상도 못 했는데 이런 현실이 내게 다가왔다. 글쓰기를 하려면 어떻게 하면 되느냐고 물었고 일사천리로 등록했고 수업 일정을 문자로 받았다. 꿈인 것만 같았다. 바로 결제하고 싶었지만, 단무지에서 진행되는 수업 과정이 기다리고 있어서 수업이 끝나고 남편과 같이 글쓰기 수업 신청을 했다.

글 쓰는 건 특별한 사람만이 할 수 있다고 생각했는데 글쓰기라는 것을 우리도 할 수 있다는 사실만으로도 설레었다. 초등학교 때 소풍 가는 것처럼 글쓰기 수업을 기다렸다. 첫 번째 이은대 작가님의 수업을 듣고 또 다른 세상을 만났다. 나와 남편은 글쓰기를 시작하였다. 글쓰기 위해서는 시간을 더 잘 활용해야 했다. 매일 일어나기 싫어 뒤적뒤적했던 내가 기분 좋게 새벽에 일어나서 글을 쓰고 책을 본다는 건 상상도 할 수 없었다. 글을 쓰는 자체가 나에겐 생각지도 못했던 일이었지만 쓰고 싶은 대로 마음대로 적으라는 작가님의 강의대로 처음 수업을 하던 날 5시간 동안 꿈쩍도 하지 않고 글쓰기를 했다. 그동안 몰랐던 나를 보게 되고, 나의 성격조차도 이해가 되었고, 이렇게 살 수밖에 없었던 내 인생을 들여다 볼 수 있어서 색다른 경험을 했다. 시간이 갈수록 글쓰기가 어렵고 힘은 들지만, 글을 쓴다는 건 나에게 좋은 기회임에는 틀림이 없다.

독서를 하고 사람들을 만나면서, 승진은 나에게 아무런 문제가 되지 않았다는 걸 알았다. 승진도 내 인생의 목표에 들어갈 수는 있지만, 승진은 내 인생에 일부분이라는 것을 알게 되었다. 아무것도 아닌 작은 진실이 날 새로운 인생으로 접어들게 해주었다. 우울해하고 남을 원망하고 보낸 시간이 아까웠다. 어쩌면 고민하고 아파했던 덕분에 이렇게 좋은 기회를 만날 수 있었던 것 같아서 오히려 고맙다는 생각이 들었다.

이제야 깨달았다. 30년이라는 직장생활 속에서 나를 바라보고 나의 인생에 대해 진지하게 마주한 시간이 한 번도 없었다는 것을. 준비도 없이 살아온 내 인생 앞에 은퇴가 기다리고 있었다. 노안이 왔고 일에 대한 자신감도 떨어지고 희망이 점점 멀어져 가는 순간에 글쓰기를 만났다.

이은대 작가님을 만난 것도 내게 행운이다. '글쓰기를 통해 새로운 삶을 만날 수 있다.'고 했다. 글쓰기를 시작하자 새벽 4시에 일어나도 시간이 부족했다. 부족한 시간을 쪼개서 글을 쓰지만, 그 시간이 피곤함을 느끼는 시간이 아니라 행복이라는 걸 알았고 내 인생의 새로운 시작이다.

독서를 하면서 새로운 사람들을 만난다. 우체국에 처음 들어오니 우체통밖에 눈에 들어오지 않았다. 글을 쓰고 있으니 미래와 나를 얘기하는 사람들을 만난다. 작가는 책에서만 만나는 줄 알았다. 그런데 주위에 작가가 너무 많다. 우체국에서 말하는 호칭 대리. 팀장. 실장, 과장, 국장보다 '작가'라는 말이 이제는 더 익숙하다.

내게는 목표가 생겼고 시간 관리가 곧 자기 관리라는 것도 알았다. 매 순간이 소중하고 그 시간이 매일 선물로 다가온다. 이 소중하고 아까운 시간을 하루빨리 나의 소중한 꿈으로 확실해진다면 얼마나 좋을까.

나에게는 조금 늦게 찾아왔지만, 지금이라도 시간 관리, 자기 관리, 목표 관리의 중요성을 깨닫고 실천하게 해줘서 좋다. 독서와 더불어 내가 좋아하는 일을 알게 되었고 동료나 지인들에게 나의 시간 관리, 개인 목표 관리에 관해 설명하면서 나의 목표를 더 명확하게 알 수 있었다. 모두가 시간을 헛되이 보내지 말고 알찬 미래를 준비했으면 좋겠다. 같이 일하는 직원들에게도 인생을 준비하는 시간을 빨리 찾을 수 있도록 틈만 나면 준비에 대한 중요성을 말해준다. 아직은 준비에 대해 받아들여지지 않는 모양이다. 나의 모습을 통해 스스로 준비하도록 만들어야겠다고 생각했다.

살아 있는 독서법에 대해 알려주고 책을 많이 읽게 하고 싶다. 하지만 스스로가 필요성을 느끼고 실천할 때까지 기다려야 한다. 하루빨리 미래를 설계하여 후회 없는 삶을 사는 사람이 한 사람이라도 더 있었으면 한다.

반복되는 일상에 매여 진정한 행복을 맞이하지 못하는 누군가에게 메시지를 전하고 싶다. 진심으로 내가 좋아하고 하고 싶어 하는 내 꿈을 찾아서 새로운 삶을 만나보기를 진심으로 바란다.

도전해 보자.
오르지 못할 게 없다

2 l 의 물을 사다 놓고 마셨다. 참 어려웠다. 이게 나의 첫 도전이었다. 식사 후에도 물은 거의 안 마셨었다.

요가강사 자격증 과정을 신청했다. 50의 중반을 보고 있는 나의 몸은 완전히 굳었고 할수록 어려웠다. 자신도 없었고 목표에 기록한 것을 후회하기도 했다. 강사과정을 하면 젊은 20대~40대는 몇 개월만 하면 전문가처럼 한다. 그런데 50대 이상은 몇 년이 흘러야 가능한 듯하다.

나는 다른 사람들보다 근육이 많다. 처음에 할 때 근육 때문에 가능성이 전혀 없어 보일 정도로 뻣뻣했다. 완전한 나비 자세 들어가기 전 다리를 바닥에 붙이는 동작은 남편도 잘된다. 난 그것마저 어려웠다. 할 수 있다는 생각으로 시작해도 될까 말까인데 난 자신감이 부족한 상태로 시작했다. 최대한 노력했으나 하면 할수록 의욕이 떨어졌다.

그런데 독서를 하고부터 달라졌다. 만나는 주위 사람들의 어려운 환경에서의 성공담을 들으면서 생각이 조금씩 바뀌어 갔다. '나도 할 수 있다'는 동기부여가 되었다.

창원도다리(도전하지 않는 청춘이여, 다시 리셋 하라의 준말이다) 모임에서 강연자 중 한 사람은 우울증에 가깝고 말이 없던 사람이 지금은 MC를 하고 있다고 말했다. 그리고 이어서 다른 강연자는 한 번도 남 앞에서 발표해 보지 못했는데 스스럼없이 변해가고 있는 자신의 모습을 말했다. 하나같이 상상도 할 수 없는 자기 인생의 변화를 얘기했다. 그 사람들의 말에 공감이 되면서 나도 못할 게 없다는 생각이 들었다. 제도상 불가능한 것도 아니고, 죽기를 각오하고 하면 안 될 일이 없다는 생각과 함께 도전정신이 생겼다. 불가능하다는 것을 가능하게 바꾼 삶을 강연을 들으면서 내 꿈도 도전을 해 보고 싶다는 생각이 들었다.

3P 바인더를 처음 배울 때 사명을 쓰고 버킷리스트를 쓰면 쓴 대로 이루어진다고 했다. 적으면서 내 목표가 뚜렷해졌고 요가는 내 삶의 일부분이고 달성해야 할 소망으로 되었다.

나는 늘 자신감이 넘쳐 보였지만 남들에게 보이기 위한 자신감이었다. 사실 혼자서는 외롭기도 했다. 하지만 이제 목표가 생겼고 할 수 있다는 의욕도 생겼다. 그러자 요가를 대하는 마음가짐이 달라졌다. 안 되는 걸 마지못해 억지로 하는 어제의 나와는 달랐다. 무릎이 안 좋아서 안 되었던 동작도 서서히 조금씩 되기 시작했다.

꿈은 규정이 없다. 내가 하고 싶은 것을 시작하면 되는 것이다.

여유가 생길 때마다 글을 쓴다. 미숙한 글이지만 "누군가 내 글을 보고 위안받을 수 있는 단 한 사람만이라도 있으면 된다."는 작가님의 말씀을 듣고 도전하고 있다. 마음만 먹으면 안 되는 게 없다. 단지 자신감 부족으로 도전 안 하므로 못하는 것이다. 도전하면 기회라도 되지만 포기하면 기회마저도 없어진다. 도전하는 삶이 얼마나 기쁘고 새로운 삶으로 만드는지 모른다. 안 되는 것도 되게 만든다.

독서리더 과정도 도전했다. 1박 2일 교육 후 8주간의 과정이었는데, 저녁에 같은 숙소를 배정받은 동기는 20대 초반의 젊은 여자들이었다. 목소리 자체만으로도 통통 튀는 이쁜 사람들이었다. 그들과 함께 공부한다는 게 신기하다.

피부는 살아 있는 것 같고 젊음 자체가 온몸을 화장한 것 같았다. 아들밖에 없어서 딸 같은 사람들과 같이 밤을 보낸다는 것이 인생의 몇 번 안 되는 특별한 경험이었다. 젊음 자체가 재산이라는 말이 실감 났다. 내가 어릴 때는 소중한 시간을 챙기지 못했다. 나와 함께 수업을 듣는 독서리더 선배들과 함께 하는 것만으로도 가슴이 벅찼다. 도전하지 않았으면 이런 경험도 쌓지 못했을 것이다.

직위가 올라갈수록 앞에서 교육할 일도 많음에도 불구하고 할 때마다 긴장됐다. 독서를 하고 목표가 생기는 순간 남들 앞에서 발표하는 것이 하나도 떨리지 않았다. 독서 리더 수업 중 자기소개에서 좀 재미있게 했다는 이유로 우리 조의 조장이 되었다. 책을 정해주고 책 내용으로 간단하게 파워포인트를 만들어서 발표하는 시간이었다. 조원들이 각자 작성해서 발표하고 그중에 대표로 발표했다. 우리 조는 내가 추천을 받았고 모르는 사람들 앞에서 망설임 없이 하고 싶은 말을 다하고 왔다. 예전 같으면 앞이 캄캄하고 내가 무슨 말을 했는지 기억도 못 했을 것인데 연습 때보다 더 편하게 발표할 수 있었다. 이런 면이 내게 있는지 여태까지 몰랐다. 남들은 내가 말을 잘한다고 했지만 스스로는 그렇게 생각을 안 했다. 겉으로 보이기만 그렇다고 생각했고 뭐든 자신감이 부족했다.

내 좌우명은 '사람은 누구나 평범하다. 더 위에도 없고 더 아래에도 없다.'이다. 그래서인지 누구에게나 스스럼없이 대했고 대인관계는 좋았다. 하지만 속에 있는 자격지심에 주눅들어 있었다. 이제는 나를 돌아보고 나 스스로 이해도 되었고 내가 왜 자격지심이 있는지도 알게 되었다. 나보다는 남들 생각을 우선으로 했다.

단무지의 구호가 '공부해서 남 주자'다. '공부해서 남 주나?' 이런 말은 들어봤어도 처음 봤을 때 잘못 본 줄 알았다. 《본깨적》에 '좋은 변화는 다른 사람과 함께 할수록 가치가 늘어난다.'라고 되어 있다. 이 말에 이제는 공감한다. 나의 변화 모습, 시간 관리, 자기 관리, 목표 관리에 대해서 바인더를 보여주면서 동기를 부여하고자 한다. 혼자보다는 같이 하면 두 배 이상의 효과가 있는 것 같다.

처음부터 잘하는 사람은 거의 없고 만 시간을 연습해야 잘할 수 있다고 한다. 만 시간을 하려면 하루 3시간씩 하면 10년이 걸린다. 만 시간을 연습하면 누구나 전문가가 될 수 있다고 한다. 박태환 선수도, 김연아 선수도 모두 만 시간 이상 노력한 결과가 지금의 두 사람을 있게 만든 것이다.

나는 노력도 안 해보고 잘 되어 있는 사람들과 비교하면서 내 인생을 헛되이 살아왔다. 남과 비교할 필요 없이 나 스스로 바라보고 진심으로 내가 원하는 삶을 위한 만 시간에 도전해 보자.

토끼에게 수영하라고 하면 안 되고, 거북이에게 산에 올라가라고 하면 안 되는 것처럼, 내가 잘하는 게 뭔지 찾아보고 도전해 보자. 만 시간 동안 꾸준히 하면 안 될 리가 없다.

나의 응원자는 가족이다

늦둥이로 태어나서 아버지는 초등학교 2학년 때 돌아가시고 엄마는 23살 때 돌아가셨다. 큰언니와 나와 나이 차이는 21살이고, 작은언니와는 10살, 바로 위 오빠와는 5살이다. 터울도 많고 가정 형편상 어릴 때부터 뿔뿔이 흩어져 살았다. 중학교 시절까지 포항에서 엄마와 오빠 이렇게 셋이 살았다.

엄마가 새벽같이 일하러 가고 나면 오빠와 둘이서 온종일 보냈다. 그러다가 오빠가 서울로 대학교에 가고 난 후에는 엄마와 나는 작은언니가 있는 부산으로 왔다. 우리 가족은 다른 가족처럼 어울려서 즐겁게 산 기억이 별로 없다. 가족 여행은 생각도 못 해봤다. 친구들의 집에 놀러가면 가족들이 다 모여서 화목하게 지내는 거 보면 부러웠다. 그나마 어린 시절 가장 시간을 많이 보냈던 오빠마저 결혼하고 난 후 지금은 얼굴도 보기 힘들다.

결혼하기 전에도 가족들과 같이 오순도순 사는 것과는 거리가 멀었는데 결혼을 하고 나서도 마찬가지였다. 남편은 술로 인해 거의 집에 새벽에 들어오고 나도 직장생활하고 바쁘다 보니 애들과도 떨어져 있을 때가 많았다. 내게 가정은 늘 외롭고 뭔가 채워지지 못했다.

우리 가족은 휴가 때에도 놀러가는 것이 익숙하지가 않아서 서먹서먹하고 재미가 없었다. 그래서 늘 다른 가족들과 같이 다니곤 했다.

큰아들은 고등학교 때 충청도에 있는 학교에 가게 되다 보니 지금까지 계속 떨어져 있게 되고, 작은아들 또한 고등학교 2학년 때부터 우리와 같이 살다가 지금은 군복무 중이다.

남편도 상황이 나와 비슷했다. 늦둥이고 형제들도 비슷하게 나이 차이도 크고 친척도 거의 없다. 어릴 때부터 떨어져 살고 혼자 지내는 시간이 많다 보니 가족에 대한 책임감 같은 게 부족하지 않나 하는 생각이 든다. 나이가 어려서 결혼한 탓도 있지만 우리는 임신해서도 좋아하지 않았다. 입덧으로 힘들었던 기억밖에 없다.

우리가 결혼하기 전에 시부모님은 돌아가시고 계시지 않았지만, 형님이 딸만 셋을 출산해서 아들을 무척 기다렸다고 한다. 그렇게 기다리던 아들을 둘을 낳았는데도 별로 환영받지 못했다. 남편은 아들과 목욕탕 한 번 같이 가지 않았다. 다른 집에는 목욕 갈 아들이 없어서 서운하다고 불평하는데 우리는 아들이 둘이나 있는데도 왜 같이 목욕 한 번 안 가느냐고 바가지 긁으면 마지못해 겨우 목욕을 가곤 했다. 예전에는 토요일까지 출근하는 시기여서, 일요일만 쉬는데 일요일은 당연히 쉬어야 되는 날이었다. 애들과는 어린이날 어린이 대공원 외에는 거의 놀아주지 못했다.

철없는 부모여서 늘 미안하다. 나에게는 가족이라는 따뜻한 울타리와는 거리가 멀었다. 애들한테 늘 미안한 부모다.

직장 생활도 원인이 없지는 않겠지만 어릴 때부터 내가 보고 배운 가정이 없어서인지 가정을 화목하게 지내는 방법을 알지도 못했고 그런 생활을 잘해 보려고 노력도 없었던 것 같다. 가장 후회가 남는 게 가족과의 시간이다.

지금은 남편과 같이 책을 보고, 언제나 같이 보낼 수 있는 남편이 옆에 있어서 좋다. 예전에는 약속이 없는 날이면 늘 외롭고 허전한 느낌이었는데 지금은 항상 남편이 있으니 굳이 다른 약속을 하지 않아도 된다. TV도 없애고 같은 책을 보고 모르는 것도 물어보고. 대화도 많이 한다. 술을 마시지 않고도 남편이 말을 잘하는 줄 이제 알았다. 술을 마셔야지 재미가 있는 사람인 줄 알았다. 지금은 배우고 싶은 것도 함께 하고 둘이 붙어 다닌다. 우리가 지금 아쉬운 게 있다면 '우리 아이들이 어릴 때 이렇게 지냈으면 얼마나 좋았을까? 하는 것이다. 아직 아이가 어린아이가 있는 동료들에게 가끔 책을 보고 느끼는 것과 내가 가정을 꾸리면서 아쉬움이 남는 것에 관해 얘기를 해주곤 한다. 나와 같은 후회가 남지 않는 가정을 꾸려나갔으면 하는 바람이 있어서다.

우리가 신경도 많이 못써줬는데도 애들은 잘 자랐다. 애들은 "엄마, 아빠. 낳아주셔서 감사합니다." "엄마, 아빠. 대단하십니다." "직장생활이 힘든데 이렇게 우리를 키워주셔서 감사합니다." 이런 인사를 할 때마다 더 미안하고 앞으로 잘해야겠다는 생각이 든다. 부모가 자식을 키우는 게 아니라 자식이 부모를 키운다.

작은아들이 군대에서 휴가 나왔던 어느 날 말했다.

"영찬아. 너희가 엄마, 아빠 우리한테 해준 게 뭐 있냐고 물으면 솔직히 할 말이 없다. 그런데 불평도 안 하고 늘 웃어줘서 고맙다.'라고 했더니 영찬이는"엄마. 아빠가 나한테 해 주시는 게 얼마나 많은데……."

이런 답을 했다.

너무나 부족한 부모인데 이런 아들을 대할 때마다 더 미안했다. 은퇴를 얼마 남겨두지 않고 뒤돌아보니 애들이 훌쩍 커버려서 우리가 애들에게 희망과 용기를 받고 산다. '이런 게 가족이구나' 싶었다. 나는 부모님에게 이렇게 따뜻한 말을 한 번도 해보지 못했다.

아버지는 일찍 돌아가셔서 기억에 없지만, 엄마한테는 나쁜 딸이었다. 첫 직장을 하동에 발령을 받고 주말에 부산으로 와서 자고 있는데 갑자기 이상한 느낌이 들어서 눈을 떠보니 엄마의 얼굴이 내 얼굴에 거의 붙을 정도로 가까이 있었다. 놀라서 "엄마 왜?"했더니 엄마는 "그냥." 이렇게만 말했다. 그리고 말씀을 이어갔다.

"내가 너를 너무 늦게 낳아서 얼굴 볼 시간이 많이 없어서."

이렇게 말씀하셨다. 엄마의 사랑이었다. 난 엄마의 사랑도 받아 주지도 않고 별 것 아닌 것으로 깨운다고 짜증 내고 바로 잠들어 버렸다. 알고 보면 엄마의 사랑을 끊임없이 받았던 것 같다. 엄마의 말 없던 사랑과 늦둥이로 태어나서 다른 형제들에게는 좋지 않은 아버지였지만 나에게는 끝없는 사랑을 주셨던 분이다. 부모님에게 사랑을 받았다는 것도 최근에 글을 적어보면서 알았다. 늘 외롭고 힘들게 자란 줄 알았는데 그게 아니었다. 난 말 없는 부모님의 사랑을 받은 만큼 내 자식들에게 하지 못했다. 바쁘고 힘들다는 생각으로 잘한 것도 없으면서 내 맘에는 불평만 가득했다. 그런데도 우리 아들들이 우리를 이해해주고 부모보다 더 큰사랑을 주고 있다.

애들이 어릴 때는 한 번도 가족 여행을 해본 적이 없었는데 우리 가족 4명이 3년 전 연말에 해운대에 1박 2일로 해돋이 보러 여행을 갔다. 가까운 해운대로 갔지만 우리 가족이 최초로 여행다운 여행을 한 곳 이어서 죽을 때까지 따뜻한 추억으로 기억에 남는다. 아들들이 다 커서 같이 술을 마시면서 속을 터놓고 대화를 할 수 있는 시간이었다. 2차로 노래방 가서 새벽 3시까지 마음껏 노래도 불렀다. 우리 아들들의 노랫소리를 처음 들어봤다. 처음으로 간 한 번의 여행이 여태까지 같이 못했던 시간들을 보상해 주는 듯한 행복이었다. 이런 게 가족이구나.

늦게 잠든 탓에 일어나기 힘들었지만, 새벽 5시가 조금 넘어서 해운대 백사장에 해돋이를 보러 나갔다. 남들은 당연한 얘기지만 우리 가족에게는 꿈만 같고 소중한 시간이었다.

다음 해 설에도 홍콩으로 여행을 갔다. 우리는 자주 여행 다닌 사람들처럼 자연스러웠다. 이젠 나도 다른 가족처럼 살고 있다는 생각이 들었다. 두 아들은 물론 우리 부부도 어린아이처럼 즐겁게 시간을 보냈다.

여러 가지 일을 할 때는 한꺼번에 할 수 없으므로 우선순위를 정한다. 하지만 가족은 순위 대상이 아니다. 선택 사항도 아니다. 가족은 어떠한 일이 있더라도 가장 먼저 챙겨야 한다. 가족이라고 해도 항상 옆에 있는 것은 아니다. 다른 것에 신경 쓰느라 혹시 가족에게 소홀히 하는 사람이 있다면 지금부터라도 작은 일부터 함께하는 시간을 만들자.

언제든지 떠나고 싶을 때
배낭 하나로 떠날 준비를 하자

매년 추석 때 8박 9일이나 9박 10일 휴가를 얻어서 배낭여행을 떠나는 직원이 있다. 그렇게 할 수 있는 직원이 부러웠다. 나는 혼자하는 여행은 생각 한 번 해 본 적이 없다. 혼자서는 식당에도 가본 적이 없다. 여행이라고는 우체국에서 가는 업무 워크숍에 가본 것이 뿐이다. 휴가를 받는 건 나 스스로 용서가 안 됐다. 우체국은 내가 없으면 돌아가지 않는 줄 알았다.

워크숍에 가면 새벽 2~3시까지 술 마시며 분위기 맞추기 바빴다. 남들에게 보이기 위한 행동만 했지 나 스스로 필요한 감정이나 기분은 생각하지도 못했다. 주위의 환경도, 배경도, 지역도 나에게는 중요하지 않았다. 금융팀장, 보험관리사 팀장을 하면서 아마도 전국 명소는 다 다녔는데도 그곳의 이름도 좋았던 경치도 하나도 기억에 남지 않았다. 그때 나에게는 어디 좋은 데 보다는 남들에게 잘 보이는 그런 시간만이 중요했다.

직장이 아니라 동호회 같은 곳에서 단체여행을 떠나도 그 순간 즐거운 분위기를 조성하는 것이 최선이었다. 내가 재미있는 건 중요하지 않았다. 어떤 게임이나 놀이로 하루를 보낼 것인지가 중요했다. 모임도 의미, 재미, 아카데미 삼박자가 맞아야 오래 유지될 수 있다고 하는데 난 오로지 재미만 찾았다. 그러다 보니 빨리 지쳤다. 뭔가 하나 직책을 맡으면 금방 내려놓고 싶어졌다. 재미만 찾다 보니 내 능력으로 한계가 있었고 힘만 들었다.

당감3동 우체국에 근무할 때 팀장이 매일 일하다가 수첩에 뭔가를 적었다. 궁금해서 "팀장님은 뭘 그렇게 적으세요?"라며 물었더니 점심 먹을 때 반찬 종류를 적는다고 말했다. 난 메모라는 걸 몰랐고 내 머리가 다 기억해 준다고 믿었다. 매 순간 수첩을 펼쳐 적고 있는 모습이 신기했다.

보통 우체국의 회식은 밥을 먹고 술을 마시고 노래방에 가는 게 대부분이다. 팀장은 흔히 하는 회식 문화가 아닌 새로운 이벤트를 제시했다. 여행을 가거나 콘서트, 뮤지컬 공연을 보는 것을 제안했다. 그동안 한 번도 생각하지도 못한 상황에 신선하기도 했고, 새로운 것을 하자고 하니 좋았다. 그런 생각을 하는 팀장이 달라보였다.

우리는 대연동에 있는 윤형빈 소극장에 공연을 보러 갔다. 메르스가 유행하던 시기라 공연장에서 나눠주는 마스크를 쓰고 공연을 봤는데 정말 재밌었다. 공연을 보러 온 사람들이 많았다. 이렇게 많은 사람들이 우리가 살아왔던 그런 놀이문화가 아니라 다른 방법으로 생활하고 있다는 것에, 또 하나의 새로운 사실을 접했다. 세상은 넓고 할 일이 많다는 것에 한 번 더 공감하는 날이다.

어릴 때부터 연극이나 공연을 한 번도 안 본 건 아니었다. 내가 원해서가 아니라 단체 생활에서 남들이 하니까 떠밀려 하는 시간이었다. 이제는 내 스스로 주도적인 삶을 알아간다는 것에 의미를 두고 싶다.

이제 내 마음이 지금과는 다른 어떤 것도 받아들일 준비가 되어 있다고 해야 하나? 아무튼 공연을 보러온 사람들을 보면서 나와 다른 사람, 다른 생각, 다른 일을 하는 사람이 많다는 걸 깨달았다.

다음에는 대마도 여행을 갔다. 직장에서 늘 상사에게 잘 보이고 다른 사람들 분위기 맞추는 것만 하다가 이렇게 편안하게 경치를 즐기면서 여행을 한다는 것도 처음이라는 생각이 들었다. 배를 타고 가는 순간 설레었다. 같이 사진 찍고 좋은 경치에 감탄하며 돌아다니는 자체가 워크숍 다닐 때와는 완전히 다른 느낌이었다.

그리고 작년 연말에는 국가스텐 공연도 보러 갔다. 엄청나게 많은 사람들이 왔다. 이렇게 사는구나……. 매일 회사와 집만 왔다 갔다 하며 정작 중요한 내가 하고 싶은 것을 한 번도 하지 못하고 세월만 흘려보낸 내 인생에 대해 많은 생각을 했다.

세상 사람들이 나처럼 회사와 집만 다니는 줄 알았는데, 모두 자기만의 인생을 즐기고 있는 모습을 눈으로 확인하게 되었다. 평일에 한번씩 밖으로 나가면 사무실에 있어야 할 사람들이 거리에 얼마나 많은지, 다들 어디로 가는지, 무슨 일을 하는지 궁금했다. 나처럼 직장에 매여서 사는 게 아니라 '이렇게 자기 삶을 사는 사람들이 많구나'. 하는 생각을 하다가도 금방 잊어버린다. 또 내 생활로 접어든다. 세상은 넓고 사람은 많다. 남들은 나를 신경 쓰지 않는데, 난 남들이 나에게 신경 쓸 것으로 생각하고 나보다는 다른 사람들에게 초점을 맞추며 생활한다. 나는 그저 지나가는 알 수 없는 사람 중의 한 사람일 뿐이다. 왜 남들을 더 의식하며 사는 건지 모르겠다.

뮤지컬 '그날은'을 보러 직원들과 해운대에 갔다. 엄청난 사람들이 공연을 보러왔다. 어느 장소를 갈 때마다 나의 생활과 비교가 됐다. 조금만 돌아보면 할 일도 많고 재미있는 것들도 많은데 하나만 보고 달려온 내가 한심하게 느껴진다.

이제는 여행이 좋다. 좋으면 좋다. 싫으면 싫다는 것을 표현할 수 있는 내가 좋다. 그리고 내 감정을 그대로 받아들이고 표현한다. 내 감정을 받아들이지 못하는 시절에는 아무리 좋은 곳을 가도 멋진 경치를 봐도 주위에 있는 사람만이 내 눈에 내 마음에 들어왔다. 오로지 다른 사람들의 표정만이 중요했다. 이 시간이 즐거운지, 스케줄로 인해 짜증이나 나 있지 않은지, 표정을 살피느라 정신이 없다. 그런 내가 나의 감정을 받아주고 표현할 줄 안다.

여행은 생각할 시간과 마음껏 표현할 힘을 주는 것 같다. 이제는 언제든지 떠날 준비가 되어 있다. 좀 더 빨리 나를 돌아볼 수 없었다는 것이 후회된다. 시간이 없다는 것은 핑계일 뿐이고 마음의 여유가 없을 뿐이다. 이제 언제든지 떠나고 싶을 때 배낭 하나만으로 떠날 준비를 한다. 많은 사람들을 만나고 얘기하고 생각을 털어놓아 보자. 갇혀 있는 세상이 아니라 열려 있는 다른 세상을 보게 될 것이다. 세상을 사는 방법은 하나가 아니라 여러 가지가 있고 내가 할 수 있는 일도 하고 싶은 일도 무한하다는 걸 알 수 있을 것이다.

늘 시간에 쫓기면서 남은 시간 시간다운 시간을 못 보내고 다 허비하고 지낼 것인가. 여행을 떠나보고 세상을 넓게 바라볼 수 있는 시간을 만들어보자. 늘 만나는 사람이 아니라 새로운 사람들을 만나보자.

세상에는 많은 다양한 사람들이 있고, 그 사람 중에는 반드시 내가 배우고 만나서 행운일 것 같은 사람들이 많이 있다. 어차피 한 세상을 보내야 한다면 다양하게 사람들을 만나고 해보고 싶은 것도 해보고 세상을 내가 다 이용해 보고 살아야 하지 않을까?

밤늦게,
새벽까지 같이 놀아줄 친구를 만들자

남들은 좋은 성격이라고 한다. 겉으로 보이는 내 모습은 어딜 가나 분위기를 잘 맞추고 성격이 활달했다. 사실 좋은 성격 뒤에는 철저하게 나를 감추고 싶었다. 글을 쓰면서 알게 되었다. 특별히 못 지내는 사람도 없지만, 더 잘 지내는 사람도 없다.

내가 어려울 때 부르면 찾아줄 사람이 얼마나 될까? 대체로 잘 지내고 있지만 다섯 사람도 안 될 것 같은 생각이 든다. 내면의 나와 보이는 내가 달라서 판단하기 힘들다.

남들은 늦둥이라서 사랑을 많이 받고 살았을 것으로 생각한다. 나도 남들이 생각하는 것처럼 그렇게 꾸며진 삶으로 소문을 내고 다녔다. 부잣집에서 잘살아온 사람일 것 같은데 실제로는 기초생활보장 수급자로 초가집에 호롱불을 켜고 살았다. 친구들한테도 내가 초가집에 호롱불에 살았다고 하면 소설을 쓴다고 얘기한다. 부모님은 자주 다투셨다. 아버지가 집에 잘 들어오시지도 않았았다. 가끔 오시는 날엔 늘 뭔가 깨지는 소리가 바깥에까지 들렸다. 아버지는 폭력이 심했다. 너무 무서워서 아무도 말릴 수 있는 상황이 아니었다. 내가 가운데 앉아서 울면 싸움이 멈출 때도 있다. 오빠는 매일 밤늦게까지 들어오지 않았다. 어두워지면 내가 이리저리 찾으러 다녔다. 오빠는 아버지가 주무시기 전에는 들어올 생각을 하지 않았다. 언제 또 부모님이 다투실지 불안했다. 아버지가 안 계실 때면 엄마는 아버지 욕을 많이 하셨다. 태풍이 부는 날에는 집이 무너질까 봐 집 밖에서 대기하면서 기다렸다. 태풍이 지나간 날 동네 집이 쓰러지는 날도 가끔 있었다.

엄마는 찹쌀 도넛과 꽈배기를 가지고 행상을 하셨다. 그렇게 우리 집 식구들의 생계를 유지했다. 식구들이 먹고 살기도 힘든데 아버지는 노름까지 해서 벌어놓은 돈이나 쌀까지 가지고 나가셨다. 초등학교 때 육성회비 내는 건 생각도 하지 못 했다. 매번 학년이 올라갈 때마다 육성회비 독촉을 받았는데 낼 수가 없었다. 선생님이 내주셨는지 육성회비를 내지 않았는데도 2, 3학년때를 제외하고는 독촉을 받지 않았다.

그러다가 중학교 시절에 논을 메워서 지운 판잣집에 이사했다. 너무 좋은 나머지 친구들을 초대했다. 친구들은 놀라서 내게 물었다. "너희 집 이래 못 살았나?' 난 이 말이 무슨 뜻인지 몰랐다. 내게는 최고의 집이라 그 말이 이해되지 않았다.

얼마 후 친구가 집에 초대했다. 지금 아파트와 같이 넓은 거실, 수세식 화장실에 피아노까지 있었다. 화장실에 갔는데 사용법을 몰라서 위로 앉았다. 뒤로 앉았다, 올라 앉았다가, 앞으로 앉아보기도 하고 혼자 고민했었다. 기초생활보장 수급자에 행상하는 엄마의 힘으로 살아온 우리였는데 난 학교에서 쓰레받기, 빗자루 등 가져올 사람 물어보면 늘 손을 들었다. 철없는 나는 집이 못 산다는 걸 감추고 싶었다. 당연히 집에 가서는 엄마에게 혼났다.

"이놈의 가시나, 먹고 살라 해도 없는구먼. 맨날 이런 걸 받아오면 어찌하나?"

아버지가 초등학교 2학년 때 돌아가시고 오빠는 서울대학교에 입학했다. 서울에서 가정교사를 하면서 대학교에 다녔다. 오빠가 갑자기 가정교사를 못 하게 되면서 엄마는 서울에 가시고 나는 작은언니 집이 있는 부산으로 전학을 왔다. 작은언니는 부산에서 택시기사를 하고 있었다. 우리 집 가장은 언니였다. 큰언니는 내가 태어나기도 전에 결혼했고, 작은언니가 학교 다닐 때 성적이 우수했음에도 공부도 많이 못 하고 가장이 되었다. 언니가 택시를 하다 보니 항상 동전이 많았다. 고등학교 때 아침마다 동전 500원을 몰래 가지고 갔다.

도시락 반찬도 김치는 한 번도 안 가져갔다. 없는 형편이지만 옛날 소시지에 달걀후라이를 밥 위에 올리고 갔다. 당연히 친구들은 내가 부잣집 딸인 줄 알았다. 세월이 흘러서 추억이 되고 옛날 얘기가 나오면 초가집이나 호롱불 얘기가 자연스럽게 흘러나왔고 친구들은 믿지 않았다. 소설책을 보고 얘기하는 줄 안다. 힘들었던 그 시절도 지금은 그때 그 시절이 좋은 추억으로 자리 잡고 있다.

어릴 때부터 부잣집에 아주 호강하면서 큰 아이로 설정이 되어 있었다. 결혼하고서도 아기를 봐 줄 사람이 없어서 아침마다 울면서 출근을 했고 부모님이 안 계시고 정말 힘들게 사는지 주위에선 아무도 몰랐고 언제나 편안하게 잘 사는 활발한 사람으로 되어 있었다. 지금 옛날 얘기를 하면 직원들은 믿을 수가 없다고 한다.

교육원에 가서 성격검사를 해 보는 시간이 있었다. 내면은 내성적인데 직장

생활을 하면서 외면은 활발해진 것으로 결과가 나왔다. 말 그대로 겉으로 보이는 나와 완전히 달랐다. 사람들은 성격 테스트가 나와 맞지 않는다고 했다. 그래도 난 안다. 나 스스로 나의 성격이 이 성격 테스트가 신기하게도 잘 맞는다는 것을.

늘 활달해 보였던 나는 어딜 가던 조장 같은 책임이 잘 맡겨졌다. 솔직히 앞에 서서 하는 거 싫었고, 조용히 뒤에서 있고 싶은데, 마지못해 시키는 것은 다 했다. 사람들은 다 내가 그런 것을 좋아하고 잘한다고 믿었다. 좋아하는 마음이 없는 것은 아니었지만 자신감은 없었다. 어쩌다 보니 당연히 분위기는 내가 맞춰야 한다는 의무감이 있었다. 밝은 내 모습 뒤에는 혼자서 외로운 시간이 많았고, 나도 내가 어떤 사람인지 알 수가 없었다. 일도 열심히 하고 늘 활발한데 왜 이렇게 틈만 나면 외로움을 많이 타는지 궁금해졌다.

난 자존심이 강했다. 그만큼 날 완벽히 숨기고 살아왔다. 어릴 때부터 좋지 않은 환경을 감추면서 살아온 게 원인 같았다. 형편이 어려운 건 내가 선택할 수 있는 것도 아니고 부끄러워할 일도 아닌데 왜 솔직히 털어놓지 못하고 감추며 살아왔는지 모르겠다. 그러한 내 성격으로 인해 매사 외롭고 힘들고 자신감마저 떨어졌다. 내면의 나와 외면의 나 사이에서 방황하고 있었다. 직장생활도 잘하고 나름대로 열심히 살아왔다. 하지만 내가 필요할 때 부르면 언제든지 올 수 있는 동료나 친구가 몇 명이나 될까 묻는다면 자신 있게 답할 용기도 없다. 난 소모임이 없다. 근무할 때 아무리 친하게 지내도 전화 한 통 한 적이 없다. 같이 근무할 때는 최선을 다하지만 떠나고 나면 그뿐이었다. 앞에 인연이 있던 사람들을 챙기는 사람들을 보면 부러웠다. 이미 습관이 되어 버린 내 인생을 그렇게 바꾸기는 쉽지는 않았다.

난 겉은 웃지만, 속으로는 외롭고 우울할 때가 많았다. 항상 남을 의식했기에 끝까지 날 바라보거나 나에 대해 생각해 본 적이 없다. 한 번쯤 인생에 대해서, 나에 대해서 생각해 볼 만도 한데 대체 난 그 시간에 무엇을 하며 지냈는지…….

바인더를 쓰고 책을 읽고 글을 쓰기 시작하면서 나 자신을 돌아볼 수 있었고 나의 성격에 대해 이해가 되고 나를 나 그대로를 받아들일 줄 알게 됐다. 어떤 일을 해도 재밌고 신난다. 마음이 문이 활짝 열린 셈이다. 이제는 내가 부르면 언제든지 달려와 줄 것 같은 사람이 많이 생겼다. 사람들이 주위에 많아서 좋다.

바로 옆에 남편 또한 언제나 내가 필요할 때 동반자가 된다. 나의 목표가 생기면서 보는 시각이 달라졌고 시간 관리를 함으로써 자기관리가 된다. 이젠 날 감추지 않고 인정하기로 했다. 얼마 전에 직원들 앞에서 고백했다. 남들이 나에게 고집이 있다고 했는데 난 인정하지 않았다. 그러나 이제는 내가 왜 고집이 있어야만 했는지 왜 일부러 웃지 않으면 표정이 어두웠는지 알고 있다. 이제는 사람들을 만나도 마음껏 행복하고 마음껏 즐거울 수 있다. 직장에서도 늘 웃는다. 가짜가 아닌 진짜의 웃음을 웃는다. 정말 행복해서 웃는 웃음이다. 목표가 생기면서 세상 보는 눈이 달라진 것 같고 사람들의 생각이 나와 다름을 인정할 수 있게 되었다. 모두가 나에게는 귀하고 소중한 사람으로 보였다. 나와 다를 수 있다는 남편을 바라볼 줄 알면서 우리는 누구보다 친하고 늘 함께하는 사람으로 살아가고 있다.

이제는 우리가 흔히 말하는 진상 고객을 보면서도 저 사람은 어떤 아픈 사연이 있기에 저렇게 불만으로 똘똘 뭉쳐져 있는 것인지 상대방의 감정을 먼저 읽을 수 있는 여유가 생겼다. 그 사람의 얘기를 들어보고 상대방의 마음을 먼저 본다. 예전의 나도 진실하지 않았던 건 아니다. 진실했지만 늘 살아온 환경은

속이고 살아왔기 때문에 나도 모르는 거짓이 내 속에 잠재되어 있었다.

요즘은 보는 사람마다 얼굴이 좋아졌다고 하고 오랜만에 보는 사람들은 얼굴이 달라졌다고 한다. 겉으로도 느껴지는 변화의 모습에 행복하다.

만나는 사람마다 꿈을 얘기하고 인생을 나누고 아픔을 공유한다. 내 마음이 열려 있으니 상대의 마음도 열려 있다. 서로의 마음은 주고받는다는 말이 맞는 것 같다. 어디에 가든 무슨 일을 하든 신나고 좋다.

내가 필요할 때 찾아와 줄 친구를 만드는 것도 내가 하는 일이다. 누가 해 줄 수 있는 일이 아니다. 내가 마음의 문을 닫아버리면 오고 싶어 하는 사람들도 들어올 수가 없다. 어떤 대화도 받아주고 할 수 있는 상황은 다른 사람이 만들어 주는 게 아니라 내가 만들어야 한다. 내가 변하고 마음을 열면 일부러 노력하지 않아도 나를 찾아줄 것이다. 내가 나를 소중하게 생각하지 않으면 남도 나를 소중하게 여길 수가 없다. 나를 사랑하고 나의 꿈을 키워나가자. 꿈이 있으면 하는 일도 즐겁다. 꿈을 가지면 목표가 생기게 되고 하는 일도 즐겁게 할 수 있다. 내가 꿈을 가지고 세상을 살아가면 꿈을 꾸는 사람을 만나게 된다.

내 주변도 꿈이 있는 사람들로 가득 찰 것이고 꿈이 있으면 영혼도 맑아 보인다. 내가 나이 들었을 때 내 모습을 상상하면서 꿈을 키워나가면 주위에 필요할 때 언제든지 올 수 있는 마음의 친구들이 많이 있을 것이다. 그들은 시간을 가리지 않는다. 마음을 주고받을 수 있다면 새벽이면 어떻고, 밤이면 어떻겠는가. 같이 있는 자체가 좋고 행복한 것이다. 꿈이 있는 인생은 삶 자체가 행복이다.

내 꿈이 뭘까? 내가 하고 싶은 일, 가슴 설레는 일이 뭐가 있는지 찾아보는 시간을 가져보자. 많은 시간이 필요한 게 아니다. 잠시만 나와 마주하는 시간을 가져보자.

새로운 일을 찾아서 공부하자

새벽 4시 좀 넘으면 벌떡 일어난다. 아침 시간을 즐길 줄 안다. 아무도 깨어 나지 않는 시간 조용하게 나를 생각할 시간인 새벽을 사랑한다. 잠이 깨우기 위한 사전 작업이 필요 없다. 이미 나에게는 습관이 되어 있다. 66일이 지나면 습관이 된다고 한다. 작은 것부터 습관을 되기 위한 과정을 나름대로 만들어서 실천해 보자. 황금 같은 아침 시간을 느끼는 순간 내 인생이 변할 수 있을 것이 다. 밤에 조금 늦게 자게 되면 알람 소리가 날 깨워준다. 귀찮게만 느껴졌던 알 림 소리가 지금은 그 어떤 음악 소리보다 좋게 들린다. 눈만 뜨면 방에서 나와 서 책을 보는 장소로 바꿔놓은 거실로 자리를 옮긴다. 책상에 앉는 순간 머리 가 맑아진다.

《미라클모닝》이라는 책이 한참 인기였을 때 난 새벽 5시에 3주 정도 일어 나서 아침형 인간으로 살아보기로 작정하기도 했다. 그때는 알람 소리에 의해 힘들게 일어났다. 책을 보고 동기 부여는 됐지만 일어나서 마땅히 할 것이 없었다. 겨우 해봤자 반신욕하고 나면 그만이다. 그러다가 옛날의 나로 돌아가 버린다. 간절함이 없었다. 내가 하고 싶은 일을 찾지 못하고 꿈이 필요한 것을 느끼지 못하는 시간이었다.

겉으로 보이는 내 모습은 책과는 거리가 먼 사람처럼 보인다. 나 또한 책이 좋은 걸 느끼지 못하고 살았다. 책을 읽어도 변화된 적이 없었다. 책을 읽기만 한 결과다. 책을 읽고 내 생활에 적용을 해봐야 하는데 그런 생각을 전혀 안 했다. 나 또한 속에 잠재된 날 잊어버리고 살았다.

작년쯤에 누군가 독서모임에 가입하라고 권유했다. 책을 읽고 후기도 올려 보라고 했다. 그때는 바로 거절했다. 성격이 얌전하고 조용한 사람들이 어울린다고 생각했다. 책 보는 것도 귀찮은데 후기라니. 지루하고 재미가 없을 것 같다는 고정관념에 잡혀 있었다.

여태까지 정독을 하면서 책을 읽은 적은 없었다. 베스트셀러가 나오면 안 봤다고 하면 자존심 상해서 속독으로 봤다. 지나고 나면 분명히 보긴 봤는데 제목은 물론, 저자, 내용을 기억할 수가 없었다. 물론 책을 보고 감동한 적도 있다. 그러나 감동으로 끝이었다. 머리에 남는 건 3일을 넘기기 힘들었다. 책이 인생을 변화시킨다는 말에 공감할 수가 없었다.

그러던 내가 지금은 독서에 빠졌다. 책을 보게 되면 일의 능률도 오른다. 책에 나오는 내용 중에 업무에 적용할 것을 적용해 본다. 집에서도 바꿀 수 있는 것은 바꾼다. 최근에 가장 크게 책을 보고 적용한 일이 집에 TV와 소파를 없앴다. 대신에 책을 읽고 공부할 수 있는 책상과 책장을 만들었다. 집에 들어오면 제일 먼저 눈에 들어오는 것이 책과 책상이다. 책을 읽고 얘기하고 볼 수 있는 공간이라면 무조건 좋다. 남편과 책을 통해서 사이가 좋아졌다. 예전에 우리가 언제 그렇게 지냈는지 상상이 되지 않을 정도로 모든 것을 함께하는 제일 좋은 친구이자 가족이다. 내가 책을 좋아하고 적성에 맞는다는 것을 최근에 알았다. 책을 보며 행복을 느끼고 종일 책상에 앉아 있어도 지루하지가 않다. 책 속에서 내 길을 찾는다. 집, 가족, 제일 중요한 우리 부부가 변화되고 있다. 남편은 평생 읽은 책이 열 손가락을 꼽을 정도지만, 난 책을 좀 읽은 편이다.

작년에는 책을 많이 샀다. 자주 책이 배달되어 오니까 우체국까지 배달해 주는 분이 책 가게라도 하는지 물을 정도였다. 그때 본 책 내용과 제목조차 지금은 기억이 나지 않는다. 읽기 위한 독서와 생활에 적용하는 독서의 차이였다.

같이 근무하는 팀장과 직원이 책을 많이 읽는 편이었다. 나도 따라 책을 봤고 책이 보고 싶어서 본 것이 아니었다. 그중에 제일 기억에 남는 책은 《실행이 답이다》라는 책이다. 읽은 책 중에 가장 나에게 변화를 많이 주었던 책이다. 누굴 만나도 그 책을 소개했다. 한번 읽어보라고 권유했다. 지금 바로 실행하라는 메시지는 내가 평소에 중요하게 생각 하는 것 중의 하나다. 난 실행력이 빠르긴 했다. 하지만 정작 내가 실행해야 할 것을 찾지 못했다. 가정에는 적용해 볼 생각은 못 하고 모든 것을 직장에만 집중했다.

올해 3월부터 읽은 책이 60권이 다 되어간다. 그동안의 변화가 평생 살아온 변화보다 훨씬 많다. 내가 변할 수 있는 계기를 찾았다. 나를 돌아보면서 내가 하고 싶은 일을 찾게 되었고 글을 쓰면서 내가 독서를 좋아한다는 것도 알게 되었다. 옛날에 이력서나 자기소개서를 쓸 일이 있으면 취미 난에 독서라고 적었다. 나도 모르게 적은 내용이 내가 원하던 것이라는 것을 이제야 알게 됐다. 글쓰기의 힘을 다시 느끼게 됐다. 글을 쓰면서 나의 내면을 돌아볼 수 있는 시간을 가질 수가 있다. 누군가 미래가 보이지 않는다고 고민하거나 직장과 집에만 얽매이고 늘 바빠 보이는 직원이 있으면 독서를 권유한다.

누군가에게 전환점이 될만한 책을 만나면 지금과 완전히 다른 삶을 살게 된다. 나도 이 책을 보는 누군가에게 변화할 수 있는 계기가 되기를 바란다.

평소 술을 좋아한 남편이 신문, 담배와 같이 퇴근하다가 이제는 책에 푹 빠졌다. 술을 마시지 않겠다는 선언문을 출입문 입구에 부착해놓고 매일 바인더에 실행한 날짜를 점검하면서 지낸다. 남편이 술을 끊었다고 하면 남들은 믿지 않는다. 술을 끊은 지 한 달이 훨씬 넘었다. 3P 바인더 교육을 36만 원에 들었다는 남편의 말에 욕을 했던 내가 이제는 수강료는 묻지도 않고 배우고 싶으면 같이 배운다.

삶에 변화가 시작된 지금 배우는 것에 돈이 아깝다는 생각을 버렸다. 어떻게 생각하면 돈을 지급해야 아까워서라도 끝까지 할 것 같다. 배우고 싶으면 돈을 주고 배우는 것도 나쁘지 않은 것 같다.

오로지 직장에만 올인하느라 자기계발 같은 건 생각하지도 못하고 살아왔다. 이제는 꿈이 생기고 만나는 사람이 달라졌다. 점점 내 꿈을 실현할 수 있는 길이 열리는 것 같다. 책을 읽어도 길이 보이고 사람을 만나도 꿈을 이룰 수 있는 길을 알려주는 사람들을 만나게 된다. 신기하게 자꾸 길이 열린다. 자기계발 하는데 드는 비용뿐만 아니라 여러 명 모이는 장소에서 먼저 베푸는 것에 대해서도 아깝다는 생각이 안 든다.

지금은 틈만 나면 책을 본다. 책을 읽고 얘기하고 볼 수 있는 공간이라면 무조건 좋다. 책을 읽는 것을 좋아하는 나를 발견했다. 책과 함께 하는 내 일상이 얼마나 행복한지 모른다. 좋아하는 일을 하고 좋아하는 것을 보면서 살아간다는 것이 이렇게 좋은지 몰랐다.

새벽에 남편과 독서모임을 한다. 새벽에 나가면 사람들이 많이 다닌다. 우리가 알람을 몇 번씩 끄면서 일어나기 힘들어하는 시간에 이렇게 부지런하게 활동하는 사람들이 많았다.

직원들도 내게 물어본다

"실장님, 좋은 일 있습니까?"

"행복하지 않을 수 없는 귀한 시간인데 늘 즐겁지."

이렇게 답했다. 내가 할 수 있는 일이 있다는 것이 좋았고 하고 싶은 일이 있다는 것이 행복했다. 날마다 즐겁지 않을 수가 없다.

내가 꿈을 꾸고 나니 글을 쓰고 책을 읽는 사람이 이렇게 많은 줄 몰랐다. 책을 보고 내 마음이 즐거우니 주위에 오는 사람들도 모두 즐겁고 행복한 사람들만 모인다. 남의 얘기를 경청할 줄 알고 필요할 때 조언해 주고 공감해 줄 줄 아는 사람들이다. 처음 만나도 아주 오래 만난 듯한 느낌이 드는 사람들을 자주 만난다. 내 인생에 이렇게 즐겁고 행복한 일이 있을지 상상을 못 했다.

여태까지 목표도 없이 그냥 열심히만 살아왔다. 우물 안의 개구리인 줄도 모르고 승진의 목표가 없어지고 나니 살 길이 막막한 나였다.

이은대 작가님의 글쓰기 수업을 받았다. '내 삶의 가치는 내가 인정해야 한다. 타인으로부터 인정받는 삶은 끝이 없다. 나 스스로 인정하면 끝이다. 더 안 뛰어도 된다." 이 말이 가슴에 와 닿았다. 그동안 날 돌아볼 사이도 없이 다른 사람에게 인정받기 위해 뛰고 또 뛰었다. 끝도 없는 타인의 관심을 위해 달려왔다. 그 결과 나에게 남은 게 없다. 혼자 할 수 있는 일이 아무것도 없다. 글을 적으면서 날 돌아보고 내가 어떤 일에 취미가 있는지 또 어떤 일을 해보고 싶은지 서서히 알았고 꿈이 생겼다. 내가 좋아하는 것이 없는 것은 아니었다. 그렇지만 직장 외에는 생각할 틈도 없고 직장이 내 인생에 다였다.

이제는 자신감이 생긴다. 뭐든지 할 수 있을 것 같다. 가능성을 생각하지 말고 실제로 원하는 것이 뭔지 생각해 보고 무조건 배우고 실천해 보자. 하다 보면 길이 열리고 할 방법이 보이는 것 같다.

복이 와서 웃는 게 아니라 웃어서 복이 온다고 한다. 내가 노력하면 결과가 따라온다.

남편이 나는 강사 같은 직업이 어울린다고 했다. 아니라고 하면서 속으로는 해 보고 싶다. 하지만 어떻게 해야 하는지 방법도 모르고, 직장 다니기도 바쁜데 하면서 포기하고 지냈다. 요즘은 구체적으로 꿈을 계속 그쪽으로 바라본다. 내가 하고 싶은 일을 할 방법을 찾아서 공부한다는 것이 즐겁고 행복하다.

알람이 필요 없이 눈이 번쩍번쩍 떠진다는 자체가 행복하다. 노는 시간, 차 마시는 시간, 수시로 피곤하다고 휴식하는 시간을 줄여서 내가 하고 싶은 것을 배우고 공부하자. 작심삼일이 될지라도 계속 시도하면 내 것이 될 수 있다. 불가능하다는 생각으로 사는 세상과 내 자리가 있다는 생각으로 살아가는 세상이 완전히 다르다는 것을 느낄 수 있다. 세상은 노력하는 자에게 충분한 시간과 약속을 준다. 우리가 모르고 지날 뿐이다. 꿈이 생기는 것만으로 세상이 달라보일 것이다. 내게도 이런 날이 올 거라는 생각을 못 했다. 불과 몇 개월 만의 변화가 평생 살아온 것보다 알차고 값지다.

출발이 중요하다. 뭘 하고 싶은지 당장 생각해 보고 바로 실천해서 내게 어떤 새로운 삶이 열리길 원하는지 생각해 보자. 남을 위한 삶이 아닌 오로지 나를 위한 내가 좋아하는 삶을 그리면서 행복한 나의 인생을 계속 설계해 보자.

이 나이에 가슴이 설레고, 아침이 즐거울 수 있는 일이 있다는 것이 상상만 해도 즐겁지 않은가? 꿈이 있는 사람들은, 여유가 있는 사람들이라고 생각하고 현재를 이렇게 밖에 살 수 없다고 합리화했다. 잠자기 전 10분이라도 내 행복한 삶을 매일 그려보고 행복한 삶을 위해서 내가 뭘 할지 생각하는 시간을 가져보자. 가족과 남을 위함이 아닌 내 꿈을 찾아보자.

아프리카 속담에 이런 말이 있다.

'나무를 심기 가장 좋을 때는 20년 전이었습니다. 그다음으로 좋을 때는 바로 지금입니다.'

지금이 가장 꿈을 꿀 수 있는 좋은 시기이다.

건강이 제일,
운동은 기본

건강이 제일이라는 것은 누구나 안다. 중요한 건 알지만 시작하지 않는다. 아프거나 힘들어서 안 하면 안 될 때 우리는 마지못해 운동을 시작한다. 이미 몸이 운동을 찾을 때는 늦었다. 몸이 필요하기 전에 내가 미리 알아서 해야 한다.

공부 또는 새로운 것을 시작하는 것도 생활의 활력이 되지만, 건강해지고 있다는 느낌을 받을 때도 나름대로 뭔가 이룬 것 같다. 건강만큼 중요한 건 없다. 꿈을 찾아도 건강이 뒷받침되지 않으면 아무런 소용이 없다는 건 잘 알 것이다.

운동도 젊고 건강할 때 시작해야 한다. 나이 들어서 시작하려고 하면 이미 몸이 안 좋은 상태라서 시작하기가 어렵다. 꾸준히 운동해도 갈수록 안 좋아지는 부분이 늘어난다. 시력도 나빠지고 갱년기 증세도 더해진다. 건강하지 못하다고 느끼면 기분이 우울해진다.

우리는 먹고살 만하면 죽는다고들 한다. 왜 그럴까? 이유는 간단하다. 먹고살기 위해서 앞만 보고 달리다 보니 건강은 전혀 돌보지 못한다. 그러다 보니 돈과 여유는 생길지 몰라도 이미 건강하지 못한 몸이 되어버린다. 한번 나빠진 건강은 회복하기 힘들다. 몸은 많이 사용하면 닳기 마련이고 사용한 만큼 관리해줘야 한다. 또한 목표 없는 삶을 산다는 건 정신적으로도 나약해지고 건강을 해칠 수밖에 없다. 아무리 돈이 많아도 건강은 살 수가 없다.

같이 탁구를 하던 언니가 있었다. 그때 46살이었는데 얼굴도 예뻤다. 예쁜 만큼 멋도 많이 냈고 성격도 밝고 사람들과 잘 어울리는 사람이었다. 외모에 상당히 관심이 많았다. 탁구 칠 때는 탁구복을 입는 게 기본인데 언니는 탁구복이 어울리지 않는다는 이유로 사복을 입고 운동했다.

자주 탁구장에서 보이던 언니가 한참 동안 오지 않았다. 나중에 보니 암으로 병원에 입원해 있었다. 폐까지 전이 돼서 오래 살지 못하고 세상을 떠났다. 병문안을 갔을 때 언니가 했던 말이 기억났다. "절대 살 빼기 위해 굶지 말아라."고 했다. 자기는 너무 굶고 다이어트 식품을 많이 먹어서 병이 온 것 같다고 했다. 억지로 먹지 않고 살을 빼는 건 특히 나이 들어서는 더 몸에 좋지 않다고 했다. 알고는 있지만, 살이 찌면 우리는 운동을 하기보다는 다이어트 식품이나 굶어서 빼려고 한다. 운동은 필수다. 시간 날 때 하는 게 아닌데 우리는 가장 등한시한다. 집에서라도 조금씩 운동하는 습관을 들이자.

40살 때부터 취미로 탁구를 했다. 재미는 있었지만, 운동 신경이 없는지 잘 늘지 않았다. 50살이 넘으니 관절이 좋지 않아 탁구를 하고 싶어도 칠 수가 없었다. 더군다나 허리 협착까지 있었다. 난 살이 잘 찌는 편이다. 운동을 좀 쉬고 있으니 금세 배도 나오고 순식간에 살이 찌는 것 같았다. 나이가 들수록 젊은 직원들과 근무하면 한 번씩 열등의식이 생긴다. 그런데 몸까지 살이 붙으니

더욱더 자신감이 떨어졌다. 승진도 안 되고 꿈까지 사라진 마당에 갱년기 증세에 살까지 찌는 것 같아 우울한 기분이 가시지 않았다. 무슨 일을 해도 즐겁지가 않았고 늘 뭔가 해야 할 일을 안 하는 것 같은 생각이 들었다. 운동을 해야 하는데 할 만한 게 없었다. 헬스장에 가서 개인 PT를 6개월 정도 하고 나니 상하체 균형도 잡혔다. 건강이 꿈만큼이나 컨디션을 유지하는데 중요한 요소라는 것을 느꼈다. 몸이 좀 가벼워진 느낌이 드니까 기분도 상쾌해졌다. 계속 건강해져야 하는데 하나씩 아픈 곳이 나왔다. 무릎에 무리가 와서 계속할 수가 없었다. 운동도 하는 것마다 체력도 따라주지 않고 끝까지 한다는 게 쉽지가 않았다. 마음이 무거웠다.

헬스 대신에 다른 것을 찾다가 요가학원에 갔다. 요가는 자신이 없어서 할까 말까 고민하다가 일단 들어갔는데 수업 중이라고 조금 기다리라고 했다. 안 그래도 망설이는 중이어서 그냥 나와버렸다. 아무것도 안 하고 있으니 물만 마셔도 살은 찌는 것 같았다. 뭐라도 안 하면 안 될 것 같아서 다시 용기를 내서 요가학원을 찾았다. 상세히 설명을 해줬고 바로 수업에 들어갔다. 몸이 말을 들을 리 없었다.

뒤에서 가만히 앉아서 구경만 했다. 몸이 굳어질 대로 굳었고 골반도 비틀어져 있는 데다가 무릎까지 좋지 않으니 양반다리도 제대로 할 수 없었다. 내 몸이 굳어 있다고 생각은 했는데 이 정도까지는 생각 못했다. 시간이 좀 지나서 요가학원에 실장이 말했다.

"처음 왔을 때 정말 너무 심각해서 계속할 수 있을지 걱정했다."

아마 3개월은 넘기기 힘들 거라고 생각했다고 한다. 그런 생각을 뛰어넘어 난 열심히 했고 지금 강사 자격증도 땄다.

같이 시작한 젊은 나이의 수련생들은 몇 개월만 지나면 신기할 정도로 몸이

유연해지는데 나는 두 배 이상의 노력을 해도 어렵다. 솔직히 자격지심도 들고 힘이 빠졌다. 바쁘다는 핑계로 뭐 하나 제대로 한 것도 없이 50살이 넘어버렸고 몸도 마음도 내 마음대로 되는 것이 없었다. 운동도 때가 있는 것 같다.

내가 2~30대 시절 등산을 가면 주로 연세 드신 분들이 있었고 젊은 사람들은 거의 볼 수 없었다. 마사지실에도 대부분 40대 이상이었는데 요즘은 운동하는 사람도 마사지를 받는 사람도 젊은이들이 많아졌다. 자기 관리가 철저하다. 우리 때는 경제적인 형편도 문제가 있었지만, 직장과 가족 외에는 아무것도 생각 못 했다. 아무리 돈이 많아도 건강하지 않으면 아주 소용없다.

우선 몸이 건강해야 한다. 건강은 시간이 있을 때 챙기는 것이 아니라 평소에 시간을 내서 해야 한다. 젊음이 영원히 우리를 기다려 주는 건 아니다. 평균 수명이 길어지면 돈도 문제지만 건강하지 않으면 자식들에게 더 큰 부담을 주게 된다. 노년에 건강까지 안 좋아서 누워 있다고 상상해 보자. 내 인생이 어떨까. 지금이라도 미루지 말고 몸이 조금이라도 건강할 때 운동부터 시작하자. 물 한 잔 마시는 습관으로 인생을 바꾸는 사람도 있다. 건강해지면 자신감도 생기고 무슨 일이든 할 수 있을 것 같다.

오늘 당장 운동을 시작하자. 그렇지 않으면 내일도 못한다. 요가학원에서 운동 하기 전에 수강생들에게 몸이 안 좋은 데 있으면 미리 얘기하라고 한다. 난 나처럼 나이가 들면 안 좋은 데가 생기는 줄 알았는데 전체 원생 중 아무 이상이 없다는 사람이 하나도 없었다. 난 50살이 넘기 전에는 아무 데도 아픈 데가 없었다. 그 사실 하나만으로도 부모님에게 다시 한 번 감사함을 느낀다. 건강은 건강할 때 지키라는 말이 있다. 건강에 자신을 가져서는 안 된다.

건강한 체력에 건강한 정신이 있다. 운동만이 우리의 육체와 정신의 건강을 지켜준다.

주변을 깨끗이
정리정돈 해 보자

대청소하고 나면 몸도 마음도 깨끗해진다. 하지만 청소가 왜 그리 귀찮고 하기가 싫은지 모르겠다. 청소를 제일 먼저 해야 하는데 청소의 중요성을 한 번도 깨닫지 못하고 지냈다. 주변을 깨끗이 정리정돈 해보는 시간을 가져 보자. 머리가 맑아지는 느낌을 받을 수 있을 것이다.

직장 다닌다는 핑계로 집안 정리는 늘 뒷전이었다. 막내다 보니 솔직히 집안일 하는 것을 배울 시간도 없었다. 어린 내가 할 수 있는 일이 거의 없었다.

내가 어릴 때는 가마솥에 나무를 때서 밥을 지었으니 어린 내가 배울 수도 없었고, 방 한 칸에 가구도 별로 없어서 정리정돈 하는 것도 알지 못했다. 어릴 때 부모님이 돌아가시고 조금 빨리 결혼을 했다. 이후에도 집안 정리하는 법도 몰랐고 되는 대로 해놓고 살았다. 결혼하고도 난 여전히 막내였고 막내 대접받길 원했다. 그런데 현실은 달랐다.

집은 늘 지저분했다. 남편이 술을 마시고 집에 잘 들어오지 않았던 게 내 탓이라는 생각이 들었다. 시간이 없었던 게 아니라 할 줄 모르는 것도 원인이었다. 친구들은 친정엄마가 오셔서 밥도 해주고 청소도 해주는데 난 아무도 도와주는 사람이 없었다. 애들 낳았을 때도 미역국도 직접 끓여 먹어야 했고, 아무리 힘들어도 내 손으로 해야 하였다. 보고 배울 수 있는 상황이 아니었다.

남편이라도 좀 일찍 와서 도와주면 좋은데 매일 새벽에 들어오니 집안일을 도와주는 건 기대하지 못 했다. 마치고 집에 오면 애들을 어린이집에서 데려오고 밥 먹고 집 좀 치우면 피곤이 몰려왔다.

큰아들은 밤낮이 바뀌어서 밤에는 거의 잠을 안 자고 울어댔다. 피곤은 극에 달했지만, 직장생활에서 피곤함을 나타낼 순 없었다. 내가 불행한 것을 남들이 알게 할 수는 없었으니까……

남편은 근무 장소는 달라도 같은 우체국이라 바깥에선 좋은 남편으로 되어 있었고, 좋은 남편에게 맞춰 살려니 내 고달픔이 컸다. 어디 하소연할 때도 없었다. 그렇게 반대하는 결혼을 우겨서 억지로 했으니 친정 언니한테도 얘기할 수가 없었다. 정신까지 지쳐 있었다. 밖에서는 늘 완벽해야 했다. 사무실은 제일 먼저 출근해서 청소했고 책상 고무판도 매일 세제로 깨끗이 닦았다. 사무실에서 에너지를 다 쏟고 나니 집에 오면 당연히 집안일 하고 싶지 않았다.

성공을 위해서도 아니고 단지 직장생활이 바쁘다는 핑계로 내가 사는 과정들이 피폐해지고 그냥 내버려 두고 시간이 지나 버렸다. 돌이켜 후회해봐야 소용없는 일인 줄 잘 알지만 그때는 다른 소중한 것을 생각할 겨를이 없었다. 조금만 더 젊었을 때 잠시라도 책을 볼 수 있는 여유를 가졌더라면 얼마나 좋았을까.

《청소력》이라는 책을 보게 되었다. 사업이 안 되는 사람은 화장실 청소를 깨끗하게 하고 효과가 있었다는 것과 여러 가지 청소를 함으로써 좋은 영향을 끼친다는 내용을 보았다. 별로 믿어지진 않았지만, 남편과 나는 하나씩 청소를 시작했다. 우선 옷장에 있는 옷부터 꺼내서 1년 이상 입지 않는 옷과 서랍장마다 꺼내서 아깝다고 생각하지 않고 미련 없이 버렸다. 기분이 상쾌했다. 정말로 뭔가 좋은 일이 생길 것 같은 기분이 들었다. 사무실에 가서도 서랍 정리부터 했다. 주위가 깨끗해지니 좋은 일이 있는 느낌이 들었다.

일본의 어떤 기업에 여자 대표가 남녀 화장실 청소를 고무장갑도 끼지 않고 하는 영상을 봤다. 남자 화장실을 맨손으로 청소하는 것을 보고 그렇게까지는 할 수 없다는 생각을 했다. 인터뷰에서 대표는 화장실 청소를 하고부터 매출이 몇 배로 올랐다는 말을 했다. 나도 일본의 대표처럼은 못해도 주변부터 조금씩 정리를 하고 청소하기로 했다.

얼마 후 우리 주임 캐비닛 정리까지 바인더로 깨끗하게 정리해줬다. 많은 일을 한 것처럼 뿌듯했고 성취감도 생겼다. 요즘은 조금만 지저분해져 있어도 못 보고 치워야 한다. 그래서인지 모르겠지만 계속 좋은 일이 생기는 것 같다. 한꺼번에 많은 것을 하게 되면 힘이 들어서 모든 것을 포기할 수 있다. 쉽게 할 수 있는 것부터 조금씩 주변 정리를 하자. 마음과 머리가 맑아짐을 느낄 수 있을 것이다. 요즘은 보는 사람마다 청소력이라는 책을 소개해 준다. 이제는 정리의 달인이라는 소리까지 듣는다. 많이 하는 것도 없는데 습관처럼 되었다. 주변이 깨끗해지면 마음도 같이 맑아지는 것이 맞는 말인 것 같다.

얼마 전에 포항까지 가서 '오피스 파워 정리력'이라는 수업을 들었다. 집안 정리뿐만 아니라 사무실 문서 정리까지 깔끔하게 하는 방법을 배웠다. 단어 그대로 파워 정리력이다.

집에 와서 우선 핸드폰 폴더 정리부터 했다. 핸드폰 바탕화면에 많이 깔린

어풀들을 폴더로 만들어 다 정리했더니 마음이 정리정돈된 듯한 느낌이었다.

다른 국에 근무하는 직원과 같이 출장을 가면서 버스 안에서 우연히 핸드폰을 보게 되었다. 앱 들이 여기저기 정신없이 깔려 있었다. 핸드폰 앱 정리 좀 해도 되는지 양해를 구하고 폴더정리를 해줬다. 이제는 내 것뿐만 아니라 다른 것도 정리할 게 있으면 정리하고 싶어진다. 얼마 전에는 우리 과가 아닌 다른 과에 가서 복잡하게 되어 있는 문서를 가지고 와서 바인더로 정리해 줬다. 이제는 주변 정리가 내 일처럼 되어버렸다.

좋은 것은 함께해야 가치가 더 올라간다는 것을 실천하고 내 자리가 아닌, 보이는 주변까지 깔끔히 정리정돈하고 있다. 역시 남의 일을 도와줌으로써 행복이 두 배가 된다.

공부해서 남 주자

"공부해서 남 주나?"

이렇게 엄마한테 혼나 본 적이 있다. 단무지 장소에 도착했을 때 입구에서 '공부해서 남 주자'라는 구호를 크게 외치고 있었다. 잘못 들은 줄 알고 몇 번 다시 들어봤는데도 공부해서 남 주자였다.

대회의실로 들어오니 왼쪽 벽에 '공부해서 남 주자'가 적혀 있었다. 내가 잘못 들은 게 아니었다. 공부해서 왜 남을 줄까, 이해가 안 됐다.

프로그램 진행 동안에 그 의미를 알 수 있었다. 공부의 목적은 나만 잘되고 발전하기 위해서가 아니라 남들에게도 선한 영향력을 미쳐 같이 변할 수 있도록 도와주는 것이었다. 그러면 나에 대한 발전도 더 많이 된다고 한다.

난 예전부터 책이나 좋은 강의를 들으면 직원이나 아는 사람들에게 전달해서 공유하는 것을 좋아했다. 내가 하는 행동이 맞는다는 것을 확인하는 자리였다. 단무지에서 1시간 30분 밸런스워킹 수업을 받았다. 균형이 잘 맞지 않는 현대인들에게 좋은 운동이라 했다. 좋은 걸 배우고 가만히 있을 수는 없었다. 돌아오자마자 아침 CS(고객 만족) 교육시간에 활용했다. 운동이 될 뿐만 아니라 즐겁게 아침을 시작할 수 있었다. 밸런스 워킹에서 활용한 풍선 터뜨리기 게임도 진행했다. 3만 원 상품권을 가지고 한 게임이라 더 흥미로웠다. 이런 것도 배워서 활용하지 않으면 그 자리에서만 괜찮다고 생각하고는 일회성으로 끝나버린다. 한 번 활용함으로써 내 것으로 기억도 오래간다. 서로에게 좋은 일이다. 요가를 하면서 사무실에 매트와 밴드를 사서 CS 시간에 활용한다. 평소에 운동에 부족한 직원들이 좋아했다. 바인더를 활용함으로써 독서와 글쓰기 시간이 많아졌고 아침 이른 시간에 할 일이 많아졌다. 새벽 시간에 책을 보고 글을 쓰는 시간만큼 행복하고 세상을 다 얻는 것만큼 행복하다. 더 좋은 것은 아침 시간은 남편과 같이 맞이하는 시간이다.

직장에 가고 나면 서로 얼굴을 볼 시간이 별로 없다. 아침 2시간 이상의 시간은 서로 얼굴을 보며 아침부터 반가운 인사를 시작해서 같이 시간을 보낼 수 있는 행복한 시간이다.

아침 시간을 활용함으로써 행복하고 감사한 기분을 나 혼자만 느끼기는 아깝다. 아침이 힘든 사람들이 있다면 지금이라도 행복한 아침을 같이 맞이하고 싶다. 아침에 일찍 일어나더라도 할 일이 없으면 실천이 되지 않는다고 한다. 그래서 난 할 일을 만들었다.

블로그를 하기 시작했다. 이제 두 달 정도 되어간다. 처음에는 하기 어려웠는데 하면 할수록 늘어가고 이제 아침 시간에 내 생활이 되었다. 매일 일상을 블로그에 기록한다. 블로그에 글을 쓰면 글쓰기 실력도 는다. 더 좋은 건 이웃들의 글을 보고 있으면 책 한 권 읽는 것과 같다. 책을 읽고 서평을 올려놓는 분들이 많다. 같은 책인데도 느낌이나 생각이 다 다르다. 이리저리 둘러보면 사고가 달라지고 많이 배울 수 있다. 나의 변해 가는 모습을 블로그에 하나씩 올려놓기도 한다. 처음에 3명이었던 이웃이 101명이다. 블로그로 내 삶을 소통하여 멋진 인생을 사는 사람들을 봤다. 블로그에는 나만의 삶이 있어야 하고 진심이 담겨 있어야 한다. 처음 만들어 보니 마음처럼 되지 않아 시간이 오래 걸렸다. 아직은 내 의도대로 되진 않지만 하나씩 알아간다는 게 행복한 일이다. 새벽까지 블로그 동영상을 보고 디자인을 다 만들었다. 뿌듯했다. 내 블로그를 직장동료들에게 보여줬다. 만드는 방법도 가르쳐 주면서 마음이 충만해졌다. 이런 게 '공부해서 남 주자.'라는 말이구나. 가르치면서 내가 더 성숙해 나가는 것을 느낄 수 있었다. 보여주고 공유함으로써 내 기쁨이 두 배가 될 수 있다. 얼굴도 모르는 이웃이지만 서로 꿈을 향해 달려가는 길은 같다는 생각이 든다.

또 새롭게 시작한 것이 페이스북이다. SNS는 젊은 사람들의 소유물이라고 생각했는데 페이스북을 통해 군부대에 있는 아들의 소식도 들을 수 있다. 처음에는 온라인상이라 겁이 나기도 했다. 그런데 페이스북을 통해서는 많은 분의 생각과 좋은 글들을 보면서 새로운 세상을 보기도 한다. 책이나 블로그, 페이스북을 통해 다른 사람들의 사는 모습을 보면서 내 생활에도 적용해보고 좋은 것이 있으면 다른 사람과 공유도 한다. 요즘은 따분하고 우울할 때가 없다. 늘 함께 하는 친구인 남편이 있고 책과 소통의 장이 있다.

내 꿈은 강사다. 예전부터 강사가 내가 가장 하고 싶었던 일이었는지 모른다. 하지만 어떻게 하면 되는지 알 수도 없었고 찾아볼 생각도 안 했다. 오로지 직장 생활에만 충실했다. 진작에 내 꿈을 향해 도전했더라면 지금 나는 어떤 모습으로 변해 있을까? 더욱 당당하게 내 일에 임하고 있지 않았을까? 지금이라도 내 꿈을 알고 조금씩 갈 수 있는 방향으로 공부하고 있다는 게 좋다. 직장 외에 내가 할 수 있는 일에 대해 꿈도 못 꾸었는데 하나씩 나아가고 있다. 은퇴까지 8년이 남았다. 그 기간 동안 열심히 준비해서 제2의 인생을 출발할 예정이다. 3년 뒤에 단무지에서 강의하기가 꿈 중의 하나다. 예전 같으면 내가 할 수 있는 일만 적었다. 이제는 하고 싶은 것을 적을 수 있다.

이런 것들이 내가 변해 가고 있는 과정이다. 목표는 생각만 하는 것보다 종이에 적으면 이루어진다는 말이 있다. 실현되기 어려운 일을 당당하게 적었다. 이런 나를 사랑한다. 사람이 꿈을 가지고 살아가는 것과 흘러가는 세월에 떠밀리듯 살아가는 것은 아주 다르다.

남편이 예전에 같이 근무했던 직원들과 저녁을 먹었는데 그중에 한 여직원이 "사모님이 제 롤 모델입니다."라는 얘기를 했다고 한다. 요즘 가끔 인사성 말인지는 몰라도 그런 말을 듣는다.

이제는 내면도 밝고 행복한 내 모습을 만들어가고 있다. 자신감도 생기고 늘 행복하다. 표정이 밝아지지 않을 수가 없다. 좋은 에너지를 같이 있는 사람들도 같이 느끼면서 사무실 분위기도 많이 좋아졌다. 40살 이후의 내 모습은 내가 책임져야 한다는 것은 모르는 사람이 없을 것이다.

한꺼번에 실천하기 어렵다면 하나씩 스케줄을 조정하여 내가 진정으로 하고 싶은 게 뭔지 염두에 항상 두고 생각하는 시간을 가져보는 게 좋을 것 같다.

'청춘 도다리 부산 모임'을 우리 우체국에서 하게 되었다. 많은 직원이 보고 변화하는 삶을 보고 동기 부여가 되길 원했지만 조금 늦게 시작한 탓에 기다리지 못했다. 청춘 도다리는 책을 보는 것과는 아주 다르다. 눈에 보이는 나와 비슷한 사람들이 변해 가는 모습을 직접 볼 수 있다. 독서 리더 과정 교육도 신청했다. 그 과정을 수료하고 나면 독서 모임을 통해서 선한 영향력이 많이 사람들에게 미치길 원한다.

공부는 나를 위해서도 있지만 남을 주기 위한 것이다. 남에게 나의 선한 영향력을 미칠 수 있는 그 날까지.

나만의 취미활동하기

어릴 때 책을 좋아하긴 했다. 초등학교 때 어떤 책인지는 모르지만, 전집을 샀다가 오빠한테 맞은 기억이 있다. 돈도 없으면서 무작정 샀으니 맞을 만했다. 근처에 책방은 없고 만화방만 있었다. 오빠와 둘이서 만화방에서 보고 또 빌려오기도 했다. 공부는 하지 않고 만화만 본다고 아버지가 작두로 만화를 잘라버린 기억도 난다. 만화에 나오는 줄거리는 사람이 죽어서 개로 환생해서 전생의 가족을 따라다니며 사고도 예방해주고 도와주는 내용이다.

만화를 볼 수 없게 된 나는, 동네 친구들한테 빌려서 셰익스피어 작품 등 책을 많이 읽은 것은 같은데, 어떤 책을 봤는지 기억이 하나도 없다. 내 책이 아니고 남한테 빌리다 보니 빨리 읽고 돌려줘야 했다. 습관이 되어 버렸는지 책을 보면 쫓기듯 빨리 본다. 난 책을 제대로 보지 않고 글자만 본 것이다. 책뿐만 아니라 좋은 강연도 마찬가지다. "정말 좋은 강의였다!" 한마디 하고는 금방 잊어버린다. 책 속에 길이 있고 인생이 바뀔 수 있다는데 이해가 안 갔다. 말대로라면 내가 벌써 변해도 많이 변해야 하는데 생각에 변화가 없다. 생각해 보면 책을 많이 읽어서인지 국어 공부는 잘했던 것 같다. 국어 시험이 쉬웠고 학력고사에서도 국어는 하나만 틀렸다. 아마도 책 읽은 효과가 없지는 않았나 보다.

책을 읽을 때 안 좋은 습관이 있었다. 책의 목차를 보면 내용이 보였고 그러면 제대로 읽지 않고 대충 쭉 훑어보고 볼 것이 없다고 덮어버렸다. 내가 원하는 내용이 아니면 보지 않았다. 책 속 저자의 관점을 보고 내가 잘못 알고 있었다면 깨달음도 있고 실생활에 적용을 해봐야 해야 하는데 내가 아는 내용과 보고 싶은 내용이 아니면 눈에 잘 들어오지도 않았다. 내용도 나한테 맞춰서 해석해 버렸고 글 쓰는 자체도 좋아하지 않았다. 메모하는 것도 싫었다. 전체 직원에게 전달 교육을 해야 할 때도 교안을 만들지 않았다. 내 기억력만 믿고 습관이 되어 버렸는데 이제는 젊을 때 좋았던 기억력이 없어졌는데도 여전히 메모하는 습관은 생기지 않았다. 적는다는 건 나한테는 정말 귀찮은 일 중의 하나였다. 그래서 글쓰기는 남의 일이고 특별한 사람만이 할 수 있는 것이라 단정했다.

40살이 되어서 취미로 탁구를 했다. 탁구를 하게 된 계기는 같이 근무하던 주임으로 인해서였다. 마케팅 팀장으로 근무할 때 고객과의 회식이 있을 때 주임이 마지막 계산도 하고 정리를 해야 하는데 탁구장에 가봐야 한다며 마무리를 안 하고 가기 바빴다. 무슨 일을 하기에 직장 회식도 뿌리치고 가야 하는지 궁금해서 하루는 따라가 봤다.

그 날이 탁구장 동호회 창단하는 날이었는데 탁구는 안 치고 바로 술자리를 했다. 술자리 분위기는 의무적으로 잘 맞추는 습관이 되어 있는 나는 술도 권하고 주도하는 역할을 했다. 탁구라켓도 잡아보지 않았는데 그 자리에서 회장이 지목한 부회장이 되어버렸다. 아마 부회장이 되지 않았으면 몇 번 안 가고 말았을 텐데 직책이 있다 보니 안갈 수가 없었다.

그 덕분에 인연을 끊지 못하고 10년 이상 레슨을 받았다. 10년 동안 했지만 내가 하고 싶어서 한 게 아니었는지 그렇게 재미있지는 않았다. 하고 싶어서 한 일이 아니니 많이 늘지도 않았다. 나는 책을 보거나 좋은 강의를 들으면 마음에 와 닿는 내용이 많았는데 왜 변함이 없었을까?

좋은 것은 적어두고 실천하지 않았다. 종이에 적음으로써 생각이 생기고 생각이 좋은 에너지를 만들어 원하는 바를 이루게 한다고 한다. 목표가 생기면 종이 위에 많이 적을수록 달성할 수 있다고 한다. 배우 짐 캐리도 백지수표에 천 달러를 적어서 엄마에게 전해주고 꼭 천달러를 벌겠다고 다짐을 했고 그 이후에 영화로 그 이상을 벌었다는 일화도 있다.

목표는 적지 않으면 생각으로 끝나버린다고 한다. 취미란에 독서라고 적어서 독서는 했는데 구체적으로 책에서 무엇을 얻겠다는 목표가 없었던 것 같다.

중학교 시절 2학년 중간까지 일기는 쭉 썼다. 일기를 쓰면 선생님이 빨간 볼펜으로 댓글을 길게 달아주셨다. 그 재미로 매일 썼다. 일기도 자발성이 아닌 선생님의 댓글이 좋아서 했던 것이어서 오래가지는 못했다. 그 일기장을 선생님이 보신다고 가져가셨는데 돌려 받지를 못했다. 그 이후로 일기를 쓰지 않았다.

3개월 전부터 독서를 열심히 했다. '본깨적'을 하면서 예전과는 다른 방식으로 책을 보면서 내가 하고 싶은 취미를 찾았다. 독서를 하니 글 쓰는 것이 서툴지만 할 수 있다는 자신감도 든다. 취미 또한 목표와 습관이 있어야 오래 유지되고 더 열심히 할 수 있는 것 같다.

습관은 하루아침에 되지 않는다. 꾸준히 해야 내 것이 된다. 다른 사람이 한다고 따라 한다고 해서 내 적성에 맞는 것도 아니고 나에게 맞는 취미를 가지려면 시간이 필요하다.

퇴직 후 취미 활동을 하려고 생각한다면 미리부터 생각을 해봐야 할 것 같다. 30년 또는 그 이상의 인생이 기다리고 있다. 인생을 즐겁게 잘 보내기 위해서는 취미 생활도 10년 전부터 해보고 구체적으로 한다면 취미가 제2의 직업이 될 수도 있지 않을까?

하고 싶은 일을 퇴직 후에 할 수 있다면 얼마나 행복한 일인지 한 번 생각해보고 나만의 취미 생활을 만들어 보자.

나를 돌아볼 수 있는
글쓰기

직장에서는 매년 신년만 되면 목표를 세운다. 해마다 올라가는 목표를 보면서 목표달성이 어려울 것 같은 해에도, 연말만 되면 목표를 달성한다. 한 번도 목표를 달성하지 못할 때가 없다. 참 신기했다.

메모하는 것을 싫어하던 나였는데 3P 바인더를 알게 되면서 나의 사명과 버킷리스트, 개인적인 연간 목표를 처음 적어봤다. 1시간 가량 앉아서 꼼꼼하게 주간 계획, 월간 계획을 정리한다는 건 상상할 수도 없었는데 해냈다.

버킷리스트 속에 내가 할 수 없다고 생각했던 책 쓰기를 적었다. 내 꿈이 없이 열심히만 살 때는 보던 것만 보이고 내가 듣고 싶은 것만 들을 수 있었다. 꿈을 적는 순간 꿈을 만나기 위해 애쓰다 보니 만나는 사람이 달라지고 보이는 것이 달라지기 시작했다. 예전 같았으면 독서모임은 관심도 없었는데 이제는 독서라는 단어만 들어도 귀가 쫑긋해진다. 단무지 모임(단순무식하게 지속해서 독서만 하는 모임)에 남편이 가자고 했을 때 망설임 없이 간다고 했다. 기대

되고 설레었다. 충북 제천에 있는 청풍 리조트에 도착했다. 지금까지의 모임과는 다른 느낌을 받았다. 많은 대학생들이 목적지까지 잘 갈 수 있도록 안내해 주었다. 최종 목적지인 회의실에 들어갔을 때 일찍 도착해서 책을 읽고 있는 사람들이 있었다. 남편과 나도 일찍 도착한 편이었는데 우리보다 더 일찍 와서 조용히 책을 보고 있는 모습이 꿈속에 환상을 보는 것 같았다. 가족끼리 온 분들도 많았다. 여태 한 번도 보지 못한 광경에 가슴이 찡했다. 책을 읽는 모습들이 모두 천사 같았다.

부산에서 충청도까지 몇 시간이나 갔는데 하나도 피곤하지 않았다. 나에게 이런 시간이 주어진다는 게 도저히 믿기지 않았다. 같이 점심을 먹으면서도 뭐라 표현할 수 없는 벅참에 그냥 참 좋다는 말만 나왔다. 거기서는 식당 인심도 좋았다. 마침 식당 주인이 식사를 하고 있었다. 배가 고팠던 상태여서 나물 반찬이 맛있어 보였다. "맛있겠다." 이 말만 했는데 기꺼이 그 반찬을 우리만 주는 거라며 같이 줬다. 참 행복한 날이었다.

저녁에는 독서를 하면서 변화된 인생 스토리에 관한 강연이 있었다. 모두 책을 읽고 버킷리스트를 적으면서 기적 같은 일이 일어났다고 한다. 믿을 수 없을 만큼 씩씩하고 당당해 보였고 힘이 넘치는 강의 내용이 좋았다. 꿈을 적는다고 이루어질까 하는 의심이 들지 않은 건 아니었다. 하지만 강연을 했던 사람들 외에도 인생 역전한 사람들이 많이 있었고 그들은 서로 인사하고 있었다. 우리는 신기한 듯 쳐다봤다. 하나같이 모두가 밝은 모습이었다. 조금만 인상 썼다가는 쫓겨 날 분위기였다. 쉬는 시간에 커피를 마시러 나왔다가 독서 기본 과정을 같이 수료했던 사람들을 만났다. 창원에서 여러 명이 같이 온 모양이었다. 독서 기본 과정에서 본 사람도 있지만 처음 본 사람도 있었다. 아는 사람들을 만나니 반가웠다. 우리는 늘 만난 사람들처럼 시간이 생기면 번지점프를 같이 하자고 했다. 번지점프를 할 수 있는 곳이 옆에 있어 같이 하기로 했다. 하지만 도저히 용기가 나지 않았다. 나를 제외한 모두가 번지점프를 했고 돌아오는 길에 한 사람이 우리 부부에게 글쓰기 수업을 한 번 해보라고 말했다.

꿈 리스트에 책 쓰기를 적긴 했지만, 갑자기 현실로 다가오니 믿을 수가 없었다. 망설이지 않고 소개해달라고 했고 단무지 스케줄이 끝나고 쉬는 시간에 바로 글쓰기 수업을 신청했다. 막상 하고 나니 걱정이 되었다. 글쓰기란 특정한 사람들만 하는 줄 알았고 한 번도 해보지 않은 일이었다.

독서 기본 과정, 3P 프로과정을 수강하는 동안에 내가 만나는 사람이 달라졌고 가는 장소가 달라졌다. 가끔 그게 신기하다는 생각이 들었다. 정말 꿈을 적고 나니 꿈을 이룰 수도 있을 것 같은 환경이 내게 다가왔다. 만나는 사람마다 자기 관리와 시간 관리를 잘할 뿐만 아니라 글을 쓰고 있는 사람들이 많았다. 승진이 뒤로 밀려서 회의감이 들고 앞으로 어떻게 해야 할지 몰라서 답답해하고 있었는데 새롭고 좋은 일만 일어나고 있었다. 꿈을 적어서일까?

즐거운 자리에서도 순간순간 직장에 대한 불만이 떠올라 겉으로는 웃었지만, 속으로는 즐겁지가 못했다. 누가 해결해 줄 수 있는 문제도 아니었다. 그때는 해결책이 없는 줄 알았다. 그때 포기하고 주저 앉았으면 어쩔 뻔 했을까? 문제가 생기면 끝까지 해결해야 한다는 내용을 책에서 본 적이 있다. 길은 하나밖에 없는 게 아니었다. 직장이 아니더라도 충분히 다른 것을 꿈으로 찾아갈 수가 있다.

어느 순간부터 불만이 사라지기 시작했다. 솔직히 불만을 가지고 있어 봤자 좋은 건 아무것도 없었다. 모든 것을 내 탓으로 돌리기로 마음먹었다. 나를 승진해주지 않으면 안 되는 이유를 찾아야 했다. 나를 승진시켜줘야 하는 이유를 당당하게 말할 수만 있었어도 상황은 바뀔 수 있다. 그런데 승진을 안 시켜준다고 한들 나를 꼭 승진시켜야만 되는 이유를 설명할 수가 없기에 모든 게 내 탓이다. 더이상 원망하지 않고 나 스스로를 위로하니 마음이 한결 편했다. 아무리 연봉 서열이라 하지만 단지 오래됐다는 이유만으로 무조건 승진해달라고 하는 건 바르지 못하다고 생각했다. 돌아보니 자기관리를 하지 않았다.

하지만 이제는 새로운 삶이 준비되어 있다. 새벽부터 밤까지 또 휴일까지 즐겁게 할 수 있는 일이 기다리고 있다. 미처 말로 표현 못 했던 것까지 글로 적는다. 지나간 일은 후회해 봤자 소용없다는 걸 알기에 이제는 새로운 삶을 살 준비가 되어 있다. 글을 적음으로써 한 번 더 생각하게 되고 거기에 대해 가는 길을 구체적으로 생각해 보게 된다. 막연히 하고 싶다는 생각만 하면 생각으로 끝나고 만다. 구체적인 계획과 목표가 필요하다.

생각이 바뀌면 습관이 바뀌고 습관이 바뀌면 인생이 바뀐다는 말이 있다. 내 생각이 바뀌었고 습관이 바뀌고 있다. 《종이에 적으면 이루어진다》라는 책이 있다. 책을 보고서도 실천하지 않았다. 진짜인지 의심만 했다. 박상배 저자의 《본깨적》이라는 책 속에 '책을 읽을 때 저자의 관점을 이해하지 않고 그건 저자의 생각이지 나와는 다르다고 부정적인 생각으로 책을 보면 책을 보는 효과가 없다'고 되어 있다. 그 말에 공감한다. 책을 보면서 제일 먼저 생활에 적용해 보기로 시작한 것이 《청소력》이라는 책이다.

불만으로 가득 차서 해결책을 못 찾던 어느 날 술만 마시고 청소라고는 제대로 하지 않는 남편이 눈에 띄게 청소를 하고 책을 보고 있었다. '뭐지?'속으로 생각하다가 물었다.

"왠일이야? 이렇게 청소를 다 하고."

"청소력이라는 책을 보니까 이렇게 하면 마이너스 자장이 없어지고 좋대."

그렇게 며칠 동안 계속 청소를 했다. 남편을 변하게 만든 《청소력》이라는 책을 봤다. 청소가 무슨 효과가 있을까 하는 거의 반 부정적인 마음으로 책을 보다가 청소력을 믿어보기로 했다.

옷장을 열고 버릴 건 버렸다. 남편은 피곤하다고 하나씩 하자고 했는데 한 번 하면 끝까지 해야 직성이 풀려서 온종일 했다. 정리를 마치고 나니 기분이 좋았다. 옷장뿐만 아니라 냉장고부터 서랍장까지 정리했다. 책 내용이 믿을 수 있을 정도로 머리가 맑아지고 새로운 일이 생길 것 같은 느낌이 들었다. 기분이 좋아지니 성격도 밝아지고 내 속의 불만이 다 씻겨 내려가는 듯했다. 사무실에 가서도 내 책상, 케비닛까지 다 들어내서 청소했다. 속에 있던 안 좋은 감정까지도 씻겨 내려갔다.

책이 많이 보는 것만으로는 아무것도 도움이 되지 않는다고 생각했다. 책을 보면서 꿈을 꾸겠다고 생각했고 그 꿈을 직접 글로 적었다. 적고 나니 뭔가 해야겠다는 생각이 들고 내 생활은 예전과는 완전히 다른 삶이 시작되었다. 하는 일이 달라진 것도 아닌데 매일 즐겁고 행복하다. 내가 즐거우니 당연히 직원들도 즐거워 보였다. 또한 우리 우체국 CS 성적이 많이 향상되었다. 매번 끝 순위에 가까웠는데 올해는 몇 달째 상위그룹에 들어갔다. 존 고든 의 《에너지 버스》 라는 책에서 정리가 되어 있었다. "우리는 늘 다른 사람의 눈치를 보면서 어떻게 기분을 맞출까 고심한다. 그게 불행의 시작이다." 라고 되어 있다. 먼저 내 기분이 좋고 즐거우면 내가 발하는 빛이 주변 사람들에게 전달되는데 다른 사람을 만족하게 하는데 즐거움을 찾으려고 하면 나 스스로는 즐거움과 힘이 떨어져서 나약한 사람 된다'는 것이다. 정말 공감 가는 글이었다.

흔히 교육할 때 "인사는 이렇게 해라. 말투는 이렇게. 팔의 각도는 저렇게, 표정은 어떻게……." 등 아무리 교육을 한다고 해도 내 마음이 즐겁지 않으면 실행이 안 된다. 내가 스스로 변할 수 있도록 도와줘야 한다는 것을 알았다. 아침에 직원들이 관심을 가지는 요가를 했고, 게임을 했다. 그리고 직원들 장점을 5가지씩 직접 써서 나눠줬다. 그것이 개개인에게 그대로 반영이 되는 듯했다.

얼마 전에 CS 강사교육에 직원이 다녀왔다. 교육받은 내용을 전달하라고 했다. 교육 시간 중에 본인의 장점 3가지를 적어봤는데 한 가지 적기도 힘들었다한다. 그런데 내가 직원들의 장점을 5가지씩 적어서 돌리는 일이 얼마나 어려운지 알았다고 했다. 하지만 나에게는 그렇게 어려운 일이 아니었다. 남에게잘 보이기 위해서가 아니라 내 마음이 시키는 대로 하는 일이라서 어렵지 않았다. 요즘 수시로 직원들에게 얘기한다.

"아침에 출근하는 것도 일하는 것도 남을 위해서가 아니라 자신을 위해서해. 그러면 일도 즐겁고 나에게도 도움이 돼."

이런 얘기를 하다가 나도 모르게 눈물이 났다. 내가 그렇게 하지 못했던 게생각이 났다. 얘기하면서 나를 돌아보게 되었다. 내가 변하고 있다는 것을 얘기했고 당신들도 지금 나처럼 후회하지 말고 조금 일찍 스스로 돌아보는 시간을 가지면 좋겠다고 했다. 가장 좋은 방법이 글을 쓰는 것 같았다.

내가 어떤 사람인지 제일 잘 알 수 있는 방법이다. 글을 적으면서 몰랐던 나를 발견하게 된다. 《본깨적》에서 '나를 제대로 알면 그때부터 변화에 가속도가 붙는다. 미처 몰랐던 강점을 찾아 발전시키고, 변화를 가로막는 나의 단점을 찾아 고치려고 노력하다 보면 어느 순간 몰라보게 변화된 자신을 볼 수 있다.'라고 되어 있다. 나를 제대로 아는 시간을 글쓰기를 통해서 가졌으면 한다. 모든 사람이 생각하는 삶, 변화하는 삶을 가졌으면 한다. 지금 할 수 있는 가장좋은 방법이 조용히 내 글을 적어보는 방법이다.

글쓰기를 하는 시간을 만들어 보자. 자투리 시간 10분이라도 적어 보자. 하루에 한 줄씩이라도 괜찮을 것 같다.

제4장
왜 준비해야 하는가

은퇴 후 남은 시간

백세시대다. 은퇴 후 30년이라는 긴 세월을 놀면서 지내기는 너무 길다. 주말만 되면 멀쩡하던 사람도 아픈 사람이 있다. 일주일 동안 긴장했던 마음을 주말에는 풀어지기 때문일 것이다.

은퇴 후를 미리 준비하지 못하면 주말에 몸이 아픈 것처럼 건강하던 사람도 건강이 안 좋아질 수 있다. 건강도 마음에서 오는 경우가 많은 것 같다. 그만큼 내가 할 일이 있다는 것이 중요하다.

주말에 놀러 갈 계획이 있으면 여느 때와 같은 주말인데 그 날은 잠도 잘 안 오고 일찍 일어나서 다닌다. 다 같은 주말인데 계획이 있는 날은 왜 피곤함을 느끼지 못하는 걸까?

얼마 전까지만 해도 주말이면 피곤하다는 이유로 등을 바닥에 붙이고 꼼짝을 않고 지냈다. 남편과 리모컨을 서로 가지려고 싸운다. 우리는 싸우기 싫어서 안방에 TV를 하나 더 샀다. 주말에는 안방, 거실에 각각 누워서 TV 만보다가 아쉬운 주말을 보낸다. 월요일 아침이 되면 허무하다. 그리고 월요병도 찾아온다. 일요일 저녁때부터 출근할 걱정을 한다. 아무것도 하지 않고 지낸 주말을 후회하며 다음 주말부터는 절대 이렇게 보내지 않겠다고 다짐한다. 그렇지만 또 같은 시간을 보낸다. 매일 TV를 30분씩 본다고 하면 평생 10년을 TV만 본다.

다시 돌아오지 않을 귀중한 시간을 TV 앞에서 보낸다고 생각해 보라. 그나마 직장이라도 있으면서 TV를 보면 괜찮다. 퇴직 후 할 일 없이 TV 앞에만 앉아 있으면 나의 가치는 어떻게 될까. 점점 더 내 위치가 작아지지 않을까? 집에서도 쓸모없는 사람으로 영향력이 작아진다. 더군다나 요즘은 자식들도 부모님의 곁에 없고 나이 들면 따로 떨어져 지내야 하는데 아무런 준비도 없이 은퇴를 맞이한다면 우리의 생활이 어떨지 생각해 봐야 할 것 같다. 커피를 마시는 사람은 늘 커피가 있어야 하고 녹차를 마시는 사람은 녹차를 마신다. 이것이 습관일 것이다. 뭔가 계기가 있으면 몰라도 습관을 바꾸기가 쉽지가 않다.

우연히 만난 독서로 인해 시간을 관리할 수 있게 되었고 은퇴 후 목표까지 구체적으로 생기기 시작했다. 독서가 어떻게 인생을 변화시킬까에 대해 의문이 갔다. 《독서 천재가 된 홍 팀장》을 보고 독서가 삶을 변화시킬 수 있다는 것을 알았다. 그냥 읽기만 하는 독서가 아닌 책을 읽고 좋은 것은 제독하고 실제 적용하는 과정을 거치면 독서로 자기경영이 되고 인생이 변화된다고 했다. 한 달만 꾸준히 하면 변화되고 있다는 것을 느낄 것이라고 했다. 독서를 하면서 성격이 밝아진 것만은 확실히 느낀다. 자신감도 생겼다. 은퇴 때까지 우체국이 아니면 있을 곳이 없다고 생각했는데 이제는 지금이라도 다른 어떤 일도 할 수 있을 것 같다. 에너지가 넘쳐 보이는 내 모습이 직장동료나 나와 같이 있는 사람들에게도 전달되는 것 같다.

나와 있으면 아무 얘기나 해도 다 받아줄 것 같은 생각이 든다고 한다. 학창 시절에는 친구들이 상담할 게 있으면 어려운 얘기도 잘했다. 지금도 좀 힘든 일이면 해결은 해 줄 수 없지만 잘 들어주는 편이다.

독서모임을 할 예정이다. 직원들에게 책을 읽는 방법과 자기관리나 목표관리 등을 공유하여 은퇴 후를 미리 준비하고 나의 성장 모습을 같이 공유할 수 있으면 한다. 몇 명이 모여 하다 보면 계속 한 두 명씩 늘어날 것이고, 결국은 부산에서 같은 일을 하는 직원, 나아가 전국적으로 독서모임을 운영하여 다 같이 행복한 노년을 보낼 수 있도록 하는 것의 내 목표다.

하지만 좋은 것도 강요하는 것은 좋지 않다. 내가 좋다고 해서 모든 사람들이 좋아할 수는 없다. 우선 일반 사람들과 운영해 본 후 점차 확대할 예정이다. 정년 후의 내가 할 일은 경제적인 것이 따라 주면 더 좋겠지만, 재능기부도 좋다. 내가 할 수 있는 일이 있다는 자체가 삶의 의욕을 불러일으킬 수 있기 때문이다.

은퇴 후 남은 시간은 누가 만들어주지 못한다. 매일 출근하는 직장에서는 내가 할 일이 정해져 있다. 은퇴 후에도 나를 필요로 하는 자리를 만들어야 한다.

직장 일은 해야 할 일이 정해져 있지만, 은퇴 후는 스스로 준비하지 않으면 안 된다. 아직도 은퇴를 현실로 받아들이지 않고 나와는 아주 먼 일이라고 생각하는 사람이 있다면 지금 이 순간부터라도 하던 일을 멈추고 은퇴 후 생활에 대해서 5분만 생각하는 시간을 가져보자.

이민규 저자의 《실행이 답이다》 라는 책 속에 러시아의 대호 문 표도르 도스토옙스키에 대한 글이 있다. "피고는 범죄적 음모에 가담하여 러시아 정교회 및 최고 권력에 대한 불손한 표현으로 가득 찬 서신과 반정부 문서를 유포하려한 죄로 총살형에 처한다." 사형선고에 이어 사제의 설교가 끝나고 마지막 5분의 시간이 주어졌다. 28세의 젊은 사형수에게 주어진 최후 5분은 너무 짧았다. 이 마지막 5분을 어떻게 쓸까? 동료 사형수들에게 인사하는데 2분, 지나간 삶을 되돌아보는데 2분, 나머지 1분은 자연의 아름다움과 땅에 감사하며 작별을 고하기로 했다. 흐르는 눈물을 삼키면서 동료에게 작별인사를 하는데 벌써 2분이 지났다. 교회 지붕이 밝은 햇살을 받아 눈부시게 빛나고 있었다. 지난 세월을 아껴 쓰지 못한 것이 정말 후회가 되었다. 병사들이 소총을 들어 그를 조준했다. 그때 마침 마차 한 대가 광장으로 질주해 들어왔다. 말에서 내린 지종 무관이 감 형사를 낭독했다. "피고는 4년간 시베리아 유형에 처하고, 그 후 사병으로 병역을 치러야 한다." 그 후 그는 사형장에서 5분을 떠올리며 하루하루를 인생의 마지막 날로 생각하고 중요한 일을 미루지 않았다. 그리하여 《죄와 벌》 《카라마조프가의 형제들》 《백야》 등 대작을 남겼다. 평소에 아무렇지 않게 보내었던 짧은 5분의 시간이 내 인생을 완전히 달라지게 할 수도 있다.

혹시 은퇴 후 시간을 덤으로 생각하고 아무 준비도 하지 않고 있다면 머뭇거리지 말고 생각하는 시간을 갖자.

직장을 전공 따라 하고 싶은 일을 하면서 사는 사람은 드문 것 같다. 바꾸고 싶어도 가족 때문이 아니면 자신감이 없어서 등 여러 가지 이유로 좋아하지 않지만 그만둘 때까지 그냥 다닌다.

그렇지만 은퇴 후 준비는 내가 할 수 있는 일을 할 수 있다는 장점이 있다. 가족을 위해 경제적인 것을 위해 할 수 없이 했던 일을 벗어나 은퇴 후는 내가 진심으로 하고 싶었던 일을 즐기면서 할 수 있다.

내가 하고 싶은 일이 무엇인지 찾아서 제2의 직업을 가질 수 있다면 그만큼 행복한 일도 없을 것이다.

우리 나이 때는 음악이나 미술을 전공하고 싶어도 경제적인 여건 때문에 하지 못하는 이들이 많았다. 그런 친구들이 직장에 다니면서 그림도 그리고 악기도 배운다. 그 어떤 시간보다 그 시간이 행복하다고 한다.

사람마다 터닝포인트가 있다. 난 승진에 밀린 게 터닝포인트다. 정상대로 승진했으면 아마 지금도 술 마시고 일하고 시간 가는 줄 모르고 보냈을 것이다. 그랬다가 은퇴를 맞이하면 어땠을까 생각하니 아찔하다. 그 순간에는 죽을 것 같이 힘들었지만 지금 생각하면 전화위복이다. 늘 바쁜 일만 있는 것도 좋은 일만 있는 것도 아니다. 힘든 일 뒤에는 좋은 일이 오고 좋은 일 뒤에는 어려운 일이 올 수도 있다. 만약 힘든 일이 온다면 포기하지 말고 끝까지 해결할 수 있는 길을 찾아봐야 한다. 만약 내가 승진이 안 된다고 했을 때 부정적인 마음만 가지고 나를 진지하게 한 번 마주하지도 않고 재미없게 시간을 몇 년 보냈더라면, 내 모습을 상상해 본다. 아마 얼굴은 늘 찡그린 표정으로 만들어져 있을 것이고, 웃음은 사라졌을 것이다.

고비가 왔을 때 포기하지 않았다는 것에 나 스스로 칭찬해 주고 싶다. 남들에게 아무것도 아닌 일이 내 인생의 전환점이 될 수 있다. 현실에 안주하지 않고 나를 변화시킬 수 있는 계기를 찾아서 웃으면서 맞을 수 있는 준비가 되길 바란다.

공허한 삶의 끝자락

늙는다는 것을 상상하지도 못 했다. 나하고는 거리가 먼 얘기고 상관없는 얘기 같았다. 노안이 오기 시작되고 갱년기 증세도 조금씩 나타난다. 나이가 들어간다는 느낌이 들고 행동이 둔해지면서 예전과 같지 않다. 가는 세월을 받아들이기 시작했다.

지금까지 느껴보지 못했던 공허한 이 느낌이 내 마음 속에 자리 잡기 시작했다. 직위가 올라가면 외롭다고 말한다. 그렇지만 난 직장생활을 하면서 성격 탓인지 직위로 인한 허전함은 느껴본 적이 없다. 그런데 이제는 늘어가는 나이가 직원들이 날 멀리하고 있다는 느낌을 받는다. 내 자리가 영원하다고 생각했는데 언젠가는 이 자리를 떠나야 한다는 현실이 다가온다.

포항에서 태어나고 자랐다. 초등학교 시절에 교회를 열심히 다녔다. 크리스마스 때 캐럴이 퍼지고 과자를 나눠주던 교회에 다녀본 사람들이 많을 것이다. 나도 처음에는 과자를 얻으려고 갔다. 갈 때마다 게임과 노래로 즐겁게 해주던 선생님이 좋아서 매주 일요일만 기다렸다. 나의 어릴 때 놀이터이기도 했던 교회가 어느 날 문을 닫았다. 그 이후로 교회에 다니지 않았다. 주말만 되면 찾아오는 친구가 있었다. 부모님이 우리 집 앞에서 붕어빵을 구워서 생계유지를 했던 친구였다. 어려운 환경이었지만 늘 웃고 밝았다. 매주 일요일만 되면 교회에 같이 가자고 우리 집까지 왔는데 끝까지 따라가지 않았던 게 미안하다. 이제는 그 친구가 어디 있는지 찾고 싶은데 찾을 수도 없다. 붉은색 옷을 입고 내 앞에서 웃고 있는 모습이 지금도 생생하다. 딱 한 번만 얼굴이라도 볼 수 있으면 좋겠다.

오빠는 서울대학교에 다녔다. 뒷바라지를 하러 엄마는 서울로 가시고 난 언니가 있는 부산으로 고등학교 1학년 때 전학 왔다. 등교 하던 날 다른 학교와 분위기가 달랐다. 자주색 교복에 베레모까지 쓰고 포항에서는 한 번도 보지 못했던 약간 눈에 띄는 자주색 교복이었다. 고향인 포항에서는 인문계는 머리를 단발로 하고 여상은 길게 땋아서 다녔다. 여기는 인문계였는데 친구들이 머리를 땋고 있었다. 단발머리여서 바로 봐도 전학 온 애인지 알 수가 있었다. 교실에서는 수업 시작 종이 울리면 선생님이 들어오시기 전에 자리에서 일어나서 기다렸다. 뭔가 특색있는 형식이 많았다. 점심시간에는 식탁보를 깔고 점심을 먹었고, 청소할 때는 머릿수건과 앞치마를 두르고 했다. 전혀 다른 분위기에 담임 선생님은 남자였는데 키도 크고 얼굴도 희고 멋있었다.

우리 학교는 천주교 재단이었다. 매년 성모의 밤이 되면 촛불을 켜고 성모 마리아상 앞으로 행진이 있었는데 성스럽고 아름다웠다. 선생님 중에는 수녀님도 두 분 계셨다. 영어회화를 가르치시는 선생님은 필리핀 분이셨는데 얼굴이 조그맣고 예쁘셨다. 우리는 인사를 '굿모닝 시스터'라고 했고 난 젊으신 선생님인 줄 알았다. 나중에 알고 보니 60살이 조금 넘으셨다고 했다. 어떻게 그렇게 눈동자가 맑고 표정이 밝을 수가 있는지 볼 때마다 신기했다. 그 선생님의 모습이 지금도 생생하다. 학교가 천주교 재단이어서 전교생이 성당에 다녀야 하는 줄 알았는데 종교는 자율적이다. 성당에 다니는 친구도 있었는데 난 종교를 가지고 싶다는 생각은 거의 하지 않았고 필요성을 느끼지 못했다.

벌써 35년이 지난 일이다. 올케언니는 교회를 다녔다. 한 번씩 "아가씨, 남편이 있어도 자식이 잘해줘도 외로울 때 없어요? 남편이나 자식이 채워주지 못하는 외로움이 있을 때 교회를 나가보세요."라고 말했다.

가정생활, 직장생활로 바빠서 허덕이면서도 한 번씩은 허전한 마음이 있었다. 그럴 때마다 언니의 말이 생각났다. 40살 정도 됐을 때 종교를 가져보는 것도 나쁘지 않다는 생각이 들었다. 어떤 종교를 선택해야 할지 몰라서 먼저 성당에 갔다. 성당은 매주 수요일에 교리공부를 몇 주간 해야 하는데 한 번가고 수요일마다 직장 회식 등 시간이 맞지 않아 갈 수가 없었다. 결국은 포기하고 교회를 갔다. 교회를 가던 첫날 기도를 하는데 모두 울어서 분위기를 감당하기 어려웠다. 지금 생각해 보면 그날이 통성 기도 날이었던 것 같다. 절에도 가봤는데 왠지 나와는 맞지 않는다고 생각이 들었다. 마땅히 갈 곳을 정하지 못해서 접어두었다. 나중에 기회가 되면 다녀야지 생각하고 세월이 흘렀다.

그러던 어느 날 직장에서 회식이 있었다. 국장님이 갑자기 기도하자고 하셨다. 직원들이 모두 기독교인이 아닌데 좀 당황했지만 기도를 했다. 국장님 기도 중에 주위가 시끄러웠다. 속으로 '이러다 기도 끝나고 국장님 화내시면 어쩌지?'라고 생각하다가, 기도 내용을 잠깐 듣지 못한 부분이 있었다. 기도가 끝나고 "국장님, 아까 기도내용이 좋았는데 이런 말씀 다음에 어떤 내용이었죠?" 하고 잠시 다른 생각으로 놓쳐버린 내용을 여쭤봤다. 국장님이 날 쳐다보면서

"내가 기도한 내용을 알아들었어? 나도 모르는데……." 이러시는 것이었다. 국장님은 그 자리에서 나와 기독교인인 직원 한 명을 데리고 국장님 댁으로 가자고 하셨다. 국장님은 "내가 집에서 한 번 더 기도해 볼 테니 뭐라고 하는지 들어봐 주라."고 말씀하셨고 얼떨결에 따라나섰다. 국장님 댁에 도착해서 국장님은 다시 기도하셨고, 이번에는 기도내용을 전혀 알아들을 수 없었고 '쪼르륵, 쪼르륵' 하는 소리만 들렸다. 생각해보니 그 소리가 주위가 시끄럽게 느껴졌던 그 소리 같았다. 지금 생각해도 신기하고 그 이후에는 그런 경험을 할 시간이 없었다.

교회에는 계속 나가지 않았다. 그 국장님은 다른 지방으로 가셨어도 끊임없이 교회를 나가라고 메일을 보냈다. 그 당시 전도하러 오는 분이 많았다. 어떨때 외근 마케팅을 하고 들어오면 교회 관계되시는 분이 1시간 넘게 기다리고 있었던 적도 있고 부목사님이 직접 오셔서 기도를 해주고 가시기도 했다. 교회에 나가야 하는 운명인가 하는 생각도 들었고 일요일 날 교회를 가지 않으면 뭔가 할 일을 빼먹고 안 한 것 같은 생각이 들었는데도 가지 않았다. 나는 교회에 가야 하는 운명이라고 생각도 했지만, 교회가 싫었다.

남편의 잘못된 신앙생활이 마음에 크게 자리 잡았다. 30대 초반에 야간대학교에 다닐 때 교수님의 소개로 새 가족 반에 가게 되었다. 교회에 가고 싶은 마음이 없었지만, 교수님의 말씀으로 남편과 같이 교회를 갔고 새 가족 반 이수 후 난 교회를 가지 않았고 그때부터 쭉 남편은 교회를 다녔다. 남편은 생각보다 교회를 열심히 다녔다. 남편은 가정이나 직장보다 교회를 더 소중하게 여기는 것 같았다. 큰아이가 고등학교 때 머리 문제로 일주일간 집에 와 있었을 때도 남편은 그 시간에 천안에 있는 교육원에 있느라 아이와 얼굴 한 번 보지 못했고 겨우 토요일 날 아들을 볼 수 있었는데도 새벽에 일어나 핸드폰을 집에

다 두고 어디론가 가고 없었다. 천안에 있는 교회 집회에 참석하려고 부산역으로 단체 버스를 타러 갔다. 직장동료가 같이 간 것을 생각한 나는 동료에게 전화를 걸어서 남편과 통화를 했고 남편은 짜증을 내면서 집으로 돌아왔다. 나는 정말 이해가 안 됐다. 아들이 문제가 있어서 집에 있으면 당연히 아버지가 아들과 대화를 나눠보는 게 우선이 아니었을까? 일요일이면 학교로 돌아가야 하는데, 어떻게 이럴 수 있나 생각했다. 그런 신앙생활을 하는 남편을 보면서 교회가 싫어졌다. 그렇게 열심히 교회를 다니면서술은 새벽까지 마시고 다닌다.

어떻게 판단해야 할지 몰랐다. 마음의 안식처가 되어주는 종교를 하나쯤 갖는 것도 좋을 것 같다. 내가 교회를 다니면서 남편은 생활에 많이 조심했고 술도 조금씩 자제를 하는 편이었다. 혹시 내가 교회를 가지 않겠다는 말이 나올까 봐 애쓰는 모습이 보였다. 독서를 하면서 종교 생활도 열심히 하고 있다. 부부가 같은 종교를 갖는 것도 나쁘지 않다고 생각한다. 종교가 같아짐으로써 얻는 게 참 많은 것 같다. 우리는 교회 설교 말씀을 마인드맵으로 그리면서 듣는다. 목사님 설교 말씀을 기록을 하고 실천하면서 살려고 노력하고 있다. 책을 보면서 기록의 힘을 알았고 다시 한 번 정리를 함으로써 하나씩 내 것이 된다는 느낌이 들었다. 종교를 가짐으로써 든든한 내 편이 하나 더 생긴 것 같다. 내 마음이 즐겁고 든든하니 모든 게 즐겁다. 최근에는 웃을 일밖에 없다.

가는 세월을 잡을 수는 없다. 인생은 혼자 왔다가 혼자 가는 길이다. 공허한 삶의 끝자락을 행복하게 잡고 싶다면 어떤 종교이든지 내 마음이 가는 곳에 한 가지의 종교를 가지는 것도 좋을 듯하다.

사람, 돈, 일 삼박자를 갖춰야

사람과 돈과 일이 삼박자 갖춰지지 않으면 아무 소용이 없다. 아무리 부자라도 주위에 사람이 없으면 얼마나 외롭겠는가. 또 사람은 있지만 일이 없다면…….

열심히 일만 하다가 돌아보면 소중한 가족이나 친구들은 저 멀리 있다. '아버지 학교'라는 교회 프로그램이 있다. 남편은 아버지 학교에 등록했다. 난 관심도 없었고 변하려고 하는 남편을 받아들이지 못했다. 수업에 한 번도 빠지지 않고 잘 다녔다. 수업 마지막 날은 부부가 같이 해야 된다며 같이 가자고 하는데 가지 않았다. 남편이 하는 일은 무조건 싫었다. 지금 생각하면 그때 같이 가주지 않는 게 후회된다. 난 참여하지 못 했지만 부부와 함께 하는 시간은 부인의 발을 씻어준다고 한다. 아버지 학교 수업 시간 중에 편지를 써서 자신의 시간을 돌아보는 시간이 있다고 한다. 각각의 사연이 많기도 많지만 생각나고 마음에 와 닿은 내용이 있다고 남편이 집에 와서 얘기해줬다. 대기업 다니시는 분이었는데 직장이라는 명함에서는 개인 기사도 있고 남들이 다 부러워하고 존경받는 직책이었지만 집으로 돌아오면 어떨 때는 비밀번호가 바뀌어 있어서 들어가지도 못하고 밖에 쪼그리고 앉아서 밤새 기다려야 하는 경우도 있었다고 한다. 편지를 읽는 동안 다른 분들도 눈시울이 뜨거워졌다. 오로지 회사만 바라보고 가정은 돌아보지 않았던 시절, 눈물로서 다 얘기해 준다. 남편도 그 당시에는 공감하고 변해야겠다는 생각을 했지만, 집에 늦게 오는 건 변함이 없었다. 사업하는 사람보다 더 바빴다.

직장상사 중에는 가정은 팽개치고 연금만 믿고 열심히 직장만 다녔는데, 퇴직 후 연금마저 주식으로 날리고 술만 마시다가 세상을 떠난 분이 있다. 내 주위에 좋은 사람들이 많아도, 내가 찾고 싶은 사람들이 많아도 돈이 없으면 만날 수가 없다. 또한 돈이 있어도 찾아갈 사람이 없어도 안 된다. 매일 일이 없어서 집안 식구들의 눈치만 보고 지낸다. 직장 다닐 때는 가족을 먹여 살린다는 명목하에 열심히 일했지만 뒤돌아보면 흰머리만 늘어날 뿐이다.

퇴직을 미리 준비되지 않으면 반드시 직업을 가져야 하는 형편이 되기도 한다. 한 번도 다른 일을 해 본 경험이 없어서 청소나 아파트 경비 일을 해야 한다. 하고 싶어서 하는 분들도 있지만 마지못해 해야 하는 분들이라면 미리 한 번쯤 자신을 돌아보는 시간을 가져 봐야 한다.

이미 떠나버린 동료. 친구, 가족을 뒤늦게 챙기려면 더 많은 노력이 필요하다. 사람, 돈, 일 삼박자를 다 가지려면 어떻게 해야 할까. 우리가 어떻게 뭘 준비해야 할까. 몇 년의 시간이라도 남아 있을 때 하루 5~10분 만이라도 내 생활을 돌아보고 설계하자. 나중에 후회할 일을 미리 생각 적어보면서 한 가지씩 실천해 보자.

앞에도 얘기했지만, 청춘 도다리(돌아오지 않는 청춘이여 다시 리셋하라)에서는 꿈을 얘기한다. 나의 어려운 순간을 극복하고 꿈을 찾아서 나선 사람들의 얘기다. 한 사람 한 사람의 기적 같은 인생을 얘기한다. 힘들었던 상황, 잘못 살았던 시절을 후회하면서 반성도 한다. 난 강연을 들을 때마다 강연하는 사람들이 부러웠다. 젊은 시절에 이미 깨닫고 자기관리와 목표를 가지고 사는 사람들이 있다. 아무리 좋은 것도 내가 받아들일 준비가 되어 있어야 받아들여진다. 책을 보고 감동을 주는 강의를 들어도 내가 준비되어있지 않으면 아무런 도움이 되지 않는다.

난 아버지에 대한 정이 없다. 초등학교 2학년 때 돌아가셨고, 아버지는 집에도 거의 들어오지 않으셨다. 아버지는 엄마와 심하게 싸우고 엄마가 힘들게 돈을 벌어오면 그것마저도 아버지가 다 써버렸다. 아버지는 가족에 대한 책임감이 전혀 없는 분이었다. 엄마는 어린 오빠와 나를 남겨두고 새벽 일찍이 장사하러 나가셨다. 힘들게 사시다가 자식들이 다 커서 효도할 때쯤 암으로 돌아가셨다. 난 엄마에 대한 추억도 그리 많지 않고 가족여행 한 번 해본 적이 없다. 여행이 아니라 종일 같이 놀아본 기억도 없다.

이상하게 난 초등학교 때 기억이 많이 없다. 동창들을 만나면 어릴 때 친구들의 행동이나 뭘 했는지 장난은 어떻게 쳤는지 자세히 얘기하는 친구들이 신기했다. 초등학교에 입학하기 전에 몇 집 안 살던 동네 친구들의 얼굴은 기억나지 않지만 소꿉놀이 등 어떻게 놀았는지 기억은 생생하다. 그런데 왜 초등학교 때 친구들과 같이 뛰어놀던 기억이 없을까? 내가 기억하면 안 되는 일이 있었을까? 초등학교 때 내가 어떻게 지냈는지 내가 친하게 지냈던 친구가 누군지 궁금하다. 다시 초등학교로 돌아가면 잘 지내고 머릿속에 뚜렷이 기억할 자신이 있는데⋯⋯. 절대 돌아갈 수는 없다. 중학교 때도 친구들과 놀던 기억보다는 선생님들께 잘 보이려고 했던 기억만 남았다. 선생님이 내 일기장에 빨간 볼펜으로 적어주시는 것이 좋아서 하루도 빠짐없이 일기장을 써서 제출했다. 늘 수업시간에 손을 들고 먼저 일어나서 선생님의 눈에 띄고 싶었다. 선생님이 관심 주는 건 다 좋았다. 오로지 선생님에게 잘 보일 생각만 했다. 중학교 2학년 때까지는 친구가 누구였는지 기억이 안 난다. 난 친구들에게는 관심이 없었다. 중3 때 어쩌다 친하게 지내는 친구가 생겼고 그때 나 포함해서 친구 4명이 지금까지 연락해 오는 친구들이다. 직장생활을 하면서도 난 상사에게 잘 보이기 위한 노력을 많이 했다. 왜 그랬을까. 아마 부모나 어릴 때부터 다 떨어져 살았고 어려웠던 그 시절을 나도 모르게 지우고 싶었던 것일까? 이미 지난 옛일이고 만나고 싶어도 만날 수도 없는 과거의 일들이고 사람들이다.

세월이 가면서 만나는 사람들이 바뀐다. 은퇴 후에 내가 외롭지 않을 만큼 사람과 돈과 일이 필요하다. 이 모든 건 갑자기 준비한다고 되는 것이 아니다. 많은 시간과 노력이 필요하다.

《에너지 버스》 책에 '인생은 타고 싶을 때 언제나 다시 탈 수 있는 놀이기구가 아니다'라고 했다. 우리는 인생은 돌아갈 수 없다. 이걸 모르는 것은 아니다. 하지만 나는 나를 남과 다르게 인정하고 싶은 마음이 문제가 된다. 나를 그대로 받아들이는 자세가 중요하다. 기본 마음이 열려 있으면 다시 탈 수 있는 기구를 기다리는 게 아니라 새로운 기구를 탈 수 있다.

주위에 80세까지도 건강한 분들도 있고, 끊임없이 자기계발을 하는 분들이 많다. 제2의 직업은 내가 진정으로 바라는 내 인생을 찾아서 할 수 있다. 이것은 내가 어떻게 준비하고 나를 돌아보느냐에 따라 좌우된다. 과연 은퇴 후 어떤 일을 하면 내게 가슴 뛰고 설레는 일이 될 수 있을까. 누구에게나 하고 있으면 설레는 일이 있다. 단지 찾지 못할 뿐이다. 제2의 직업이 해야 하는 일이 아닌 내가 원하는 일을 하고 있다고 상상해 보라. 얼마나 행복한 일인지 생각해

보라. 나이가 들면 영향력이 떨어진다. 그 떨어지는 영향력이 더 강하게 할 힘도 나 자신에게 있다. 영향력이 있는 것과 없는 것에 대해 얼마나 삶의 차이가 있는지 생각해 봤으면 좋겠다. 어제 출판사와 출간계약을 한 지인을 만났다. 얼굴에 행복과 기쁨이 넘쳐보였다. 얼마나 마음이 뿌듯하고 행복했겠는가.

목표와 계획이 있음으로써 더 열심히 살고, 주변을 돌아볼 줄 안다. 목표가 없이 닥치는 대로 열심히만 하는 사람은 늘 바쁘기만 하고 나는 열심히 한 것 같은데 남는 게 없다.

한 번 지나고 나면 다시 만날 수 없는 귀한 시간이다. 그런데도 아무런 준비 없이 하루하루를 보내고 있다. 우리는 주로 퇴직하고 뭘 먹고 살까. 주로 돈에 대한 고민만 많이 한다. 먹기만 한다고 행복할 수 있을까?

백세 인생에 맞춰 즐겁게 살려면 일이 있어야 하고 돈도 있어야 하고 사람은 기본으로 있어야 한다. 취미 활동도 만들어야 하고, 여러 가지 경험을 하면서 다른 사람의 생을 통해 내가 뭘 해야 할지 돌아볼 시간도 있어야 한다. 은퇴 후, 돈이 생기는 일이라면 더 좋겠지만 수입은 안 되더라도 진정 내가 하고 싶은 일에 재능기부라도 할 수 있는 일을 찾아서 준비했으면 한다.

퇴직하고 집에서 놀면 일이 있을 때보다 빨리 늙는다고 한다. 인생 100세 시대에 남아 있는 제2의 인생이 너무 긴 시간이다. 이 시간을 그냥 죽을 때까지 바라보며 미리 준비하지 않은 지난 시절을 후회만 하고 지낼 수는 없지 않을까? 바쁘게만 앞만 보고 살아왔다면 다시 자신을 돌아보고 준비하는 시간을 갖자. 내가 진심으로 하고 싶은 일이 어떤 일인지 일을 하면서 가슴 뛰는 일이 있는지 생각해 보자.

내가 아는 상사 중에 한 분이 이런 말씀을 하셨다. 정년을 맞이하고도 내 곁에 최소한 5명 이상의 사람이 변함없이 같이 있을 수 있다면 행복할 것 같다고 했다. 과연 은퇴 후 내게 5명 정도의 사람이 남아있을까? 주위의 사람들도 늘 내 곁에 변함없이 있어 주는 것이 아니다. 각자 기준은 다르겠지만 늘 내 곁에 있어 줄 몇 명이라도 지금부터 관리하자.

그리고 소요되는 예산을 미리 파악해두고 미리미리 설계해 두자. 꼭 들어야 할 보험도 챙겨보자. 건강할 때는 보험을 거들떠보지도 않는 사람들이 많이 있다. 보험은 건강할 때 챙겨야 한다. 건강하지 않으면 가입하고 싶어도 할 수가 없다. 혼자서 안 되면 주위에 인생 설계 전문상담사에게 조언을 받아서라도 혼자 있을 기간까지 구체적인 계획을 짜 보자.

늦다고 생각하는 시기가 빠르다. 일, 사람, 돈, 삼박자가 되도록 나를 돌아보는 시간을 가져보자.

언제나 끝이 중요하다

우리는 무슨 일이든 처음도 중요하지만, 끝도 중요하다. 아무리 출발이 좋았더라도 끝이 좋지 않으면 안 하는 것보다 못할 때가 많다.

막내이다 보니 남한테 의지하려는 마음이 많았다. 혼자서 잘한다고 생각했다가도 조금 어려운 일이 있으면 누군가가 도와줄 거라고 생각했다. 이상하게 시간이 가면 어떻게든 마무리는 되었다.

가난한 것은 죄가 아니었지만 어릴 때는 숨기고 싶었다. 가난하면 떠오르는 단어가 불행이었다. 나는 불행하다는 걸 감추기 위해서 남의 시선을 의식하는 일이 많았다. 가난을 표시내지 않기 위해서 무엇이든지 잘하고 싶었고 인정받고 싶었다. 칭찬받을 일은 꼭 남한테 보이고 싶었다.

고등학교 입학할 때도 포항은 아직 평준화가 되지 않아 시험을 봐서 학교에 갈 수가 있었다. 상위권이 되어야 들어갈 수 있었다. 중학교 성적으로 충분히 갈 수 있는데도 자신감이 없었다. 떨어질까봐 걱정됐다. 자신이 없다는 핑계보다 집이 가난하니까 빨리 돈을 벌어서 집에 보태고 싶다는 이유로 동지여상에 가려고 설득했다. 하지만 오빠의 적극적인 반대로 끝내 포항여고를 갈 수밖에 없었고 다행히 합격은 했다. 합격하고 나니 기뻤다.

포항여고에 입학하고 첫 시험을 쳤는데 생각보다 성적이 잘 나오지 않았다. 가정 형편상 부산으로 전학 가야 할지 아니면 포항에 있는 이모 집에서 고등학교를 졸업한 후에 부산으로 갈지 결정해야 했다. 학교에서 첫 시험을 쳤는데 생각보다 성적이 잘 나오지 않았다. 그래서 다른 곳으로 전학할 수 있어서 좋았다.

대학교는 유아교육과를 갔다. 지금은 그 전공이 나에게 어울릴 것 같지 않지만 고등학교 때까지는 유아교육과가 적성에 잘 맞을 것 같다고 주위에서 말했다. 피아노도 배워야 하고 수영도 해야 했다. 그런데 배우기 싫었다. 그러던 중 다행히 공무원 시험에 합격한 것이다.

나는 끝까지 하고자 하는 끈기가 부족했다. 우선 눈에 보이는 성과가 없으면 도망가는 방법만 찾았다. 자신이 없는 것은 시도도 해보지 않고 포기해버린다. 애초에 경쟁은 싫었다. 조금 부족하더라도 잘한다고 인정 받으며 평범하게 살기를 원했다. 포기하는 것은 기회조차 없는 것인 줄 알면서도 우선 눈 앞에 보이는 변명을 할 수 있기 때문이다.

공무원으로 발령을 받은 후 사회 생활이 처음이라 쉬울 거라는 생각은 안 했다. 하지만 내가 생각하는 것 이상으로 힘이 들었다. 매일 스트레스를 받았고 짧은 기간에 10킬로그램 이상 체중이 늘었다. 오랜만에 본 친구가 멀리서 알아보지 못할 정도였다. 신규자일 때 일처리를 잘못하면 노란 봉투에 그 당시 전산관리소에서 오는 시정 조회서가 있었다. 이자 계산할 때 1원이 틀려서 시정이 왔다. 시정 조회서는 나의 업무 능력을 평가하는 것 같았다. 아침만 되면 노란 봉투에 노이로제가 걸릴 정도였다. 신규자 때 바로 위 직속 선배님은 시정 조회서 때문에 승진이 안 된다며 나무라시기도 했다. 아무튼 직장생활은 지옥이었다. 새벽 6시 반부터 와서 열심히 하는데도 칭찬은커녕 매일 잔소리 듣기 일쑤였다. 오빠가 발령받기 전에 그랬다.

"3년만하고 그만둬라. 여자는 직장생활 오래 하면 성격버린다."

오빠의 말을 핑계삼아 사표를 냈지만 아직도 다니고 있다. 난 끝까지 혼자서 제대로 하는 게 없었다. 늦둥이 막내로 자란 성격이 나도 모르게 배여 있는 것 같다.

성격이 명랑하게 보여서인지 어딜가도 무슨 직책이던지 맡겨졌다. 탁구 동호회에서도 총무를 맡았다. 무슨 일을 해도 잘하려고 하다보니 일을 많이 만들어 내는 편이었다. 그러다가 지쳐서 그만두고 싶은 마음이 생긴다. 힘든 일을 끝까지 참고해 본 적이 없는 것 같다. 끝까지 마무리를 못하고 포기하는 경우가 많다는 것을 알았다. 중도포기하면서도 내 행동에 대해서는 정당화했다. 남들보다 열심히 했는데도 끝내지 못한 숙제가 있는 것처럼 느껴졌다. 첫 시작은 좋았으나 좋은 마무리는 별로 없었다.

100세 시대라고 해서 누구나 은총을 받는 것도 아니고 누구나 하고 싶다고 되는 것도 아니다. 하고 싶은 일을 할 수 있고 은총 받는 100세 인생을 살고 싶다면 어떻게 해야 할까. 시간은 가고 나면 오지 않는다. 나이가 들면 하고 싶어도 못한다. 아직 할 수 있을 때 목표를 정해서 시작했으면 끝까지 가 보자. 누군가 대신 해줄 수 없는 내 인생이다.

50살이 넘도록 제대로 한 것도 없고 열심히 살았지만 당당히 무언가 했다고 내세울 만한 것도 없다. 나 같은 삶이 되지 않도록 같이 있는 동료들이나 아는 사람들에게 내가 하고 싶은 일을 찾아 열정을 담아보라고 얘기하고 싶다. 아직 미래에 대해 걱정은 하지 않고 사는 경우가 많다. 얘기해도 관심이 없다.

《성과를 지배하는 바인더의 힘》 책 속에 '억대 연봉을 받는 하이퍼포머 그 룹의 특징 중 하나가 슬럼프와 스트레스 관리 능력이 뛰어나다. 아마추어들은 타인의 도움의 손길을 간절히 기다리며 약한 모습을 보인다. 한없는 나락으로 날개 없이 추락하며 자신을 음지로 내몬다. 그러나 프로는 다르다. 하이퍼포머 들은 이때 셀프 모티베이션을 통해 신속히 바닥을 찌고 벼락같이 치솟으며 정 상에 선다. 외부나 타인에 의해 좌우되며 동기부여를 받는다면 아직 프로가 아 닌 '포로'다'. 나의 멘토이자 3P 자기 연구소 강규형 대표님이 쓰신 책이다.

이 글을 보면서 생각했다. 난 지금까지 아마추어로 살아왔다. 스스로 설 능 력도 해 보려고 하는 노력도 해보지 않았다. 이 책을 보면서 바인더를 알았고 내게 목표가 생기기 시작했다. 내가 하고 싶은 것이 조금씩 보이고 실천하고 있다는 것이 얼마나 고마운지 모른다. 남에게 의지하며 나약하게 살아왔으니 승진이 안 되는, 하나의 어려운 현실에 어쩔 줄 모르고 우울해하면서 방황해 온 시간이 아깝다. 글을 쓰면서 몰랐던 나를 볼 수 있었다. 나를 알고 나니 내 미래에 대해 준비를 할 수 있다.

얼마 전에 우체국을 지망해서 9급 공무원 행정직 필기 시험에 합격하고 면 접만 남은 준비생이 알고 싶은 게 있다며 우리 우체국에 찾아왔다. 궁금한 것 을 인터넷이나 주위 사람들에게 물어보고 핸드폰 메모에 빽빽이 적어왔다. 마 침 점심시간 이어서 같이 식당에 가서 밥을 먹으면서 묻는 말에 하나씩 답변해 줬다.

우리 공무원 시험 후 준비하던 때와는 완전히 달랐다. 우리는 우체국 시험 인지도 모르고 무작정 치고 아무런 준비 없이 들어와서 힘들다는 생각만 했는 데 이렇게 미리 사전 파악을 위해 온 준비생들이 얼마나 대견하고 사랑스럽던 지…….

내가 직장생활을 하면서 놓쳐버린 개인의 목표의 중요성에 대해서 얘기하고, 목표 없이 지내온 안타까운 시간도 들려줬다. 면접 때 자기 자신만의 바인더를 하나 만들어가라고 말했다. 내가 살아온 과정, 앞으로 내가 일할 곳을 미리 분석하고 내가 할 일을 찾아서 할 수 있다면 직장 생활의 반은 이룬 셈이라고 생각한다. 그리고 2명 중 한 명이 직장 생활을 조금 해봤는데 초심을 잃지 않으면 될 것 같다고 하면서 오늘 상담 내용을 잊지 않고 우체국에 들어오면 꼭 실천하겠다고 했다. 공무원 준비생들이 열정적으로 찾아 다니며 공부하는 이 마음이 변하지 않고 지속되길 바란다.

처음 시작할 때처럼 마지막의 나의 모습은 어떤 모습일지 상상해 보라. 내가 하고 싶은 일에 전문가가 되려면 시간이 최소 10년이 필요하다고 한다. 너무 늦게 깨달아 시작하면 마무리를 못 하고 꿈을 찾다가 시간을 다 허비할 수 있다. 내가 잘하는 것보다 내가 하고 싶은 일을 하는 게 얼마나 가슴 뛰고 행복한 일일까.

출발만큼 끝까지 소중한 인생 마무리를 잘하기 위해 조금 더 일찍 나를 준비하는 삶으로 만들면 좋을 것 같다.

결국은 혼자다

어릴 때 내가 살던 동네는 몇 가구 없었다. 동네 사람들이 한 식구처럼 지냈다. 아침에 일어나면 부모님은 일찍 일하러 나가시고 우리만 남는다. 우리는 늘 한 가족처럼 소꿉놀이도 하고 싸우고 울고 웃는 하루를 보냈다. 아직도 친구들과 소꿉놀이한 것과 축구, 술래잡기, 딱지치기, 구슬치기. 잣 치기 등 재미있게 놀았던 기억이 난다.

요즘은 같이 놀았던 애들이 어디서 뭘 하는지 정말 궁금하다. 끝까지 같이 갈 줄 알았는데 시간이 흐를 때마다 내 옆에 있는 사람은 다르다. 만남이 이루어지고 헤어지고 다음에 어디에서 또 어떻게 만나게 될지 아무도 모른다.

몇 집 안 되는 초가집에서 살다가 슬레이트 집으로 이사를 오면서 오빠와 둘이서만 놀았다. 엄마는 일을 나가시고 오빠가 밥도 해주고 같이 놀아주고 좋은 오빠였다. 난 이 세상 모든 사람 중에 아무도 없어도 오빠만 있으면 됐다. 오빠가 대학교에 가게 되면서부터 우리는 볼 수 있는 날이 얼마 되지 않았다. 그래도 가끔은 볼 수 있었다. 그런데 결혼을 하고부터 오빠 얼굴 보기가 더 어렵다.

엄마가 서울에 가시고 작은언니랑 살다가 얼마 있지 않아서 엄마가 부산으로 다시 왔다. 큰언니 집은 바로 근처에서 살았다. 큰조카와 동갑이다. 큰언니는 언니지만 내가 세상에 나오기 전에 결혼했다. 처음부터 떨어져 지냈으니 언니가 어려웠다. 조카와 둘이서 많이 놀았다. 주로 살구 놀이를 하고 놀았는데 별일도 아닌 것 같은데 조카는 잘 울었다. 울면서 언니에게 일러줬고 난 그 순간에 혼날까봐 무서웠다. 그렇게 지내던 조카도 고등학교를 졸업하고 서울대학교에 입학하고 졸업 후 교사생활도 서울에서 하고 있어서 명절 때 말고는 얼굴 보기도 힘들다. 지금은 그 시절이 그립다.

애들이 클 때는 같이 있지만, 지금은 큰아들은 서울에 있고 작은아들은 군대에 갔다. 큰아들은 충청도에 있는 대안 학교에 입학하면서부터 지금까지 떨어져 살고 있고 작은아들도 졸업하고 나면 또 우리와 같이 지내지 않을 수도 있다. 옆에 있을 때는 죽을 때까지 있을 줄 알고 지내지만, 세월이 가면 내 옆에 없다.

부모 자식이라고 살고 있지만, 우리가 얼굴을 보면서 지내는 날을 얼마 되지 않는다. 서울에 있는 큰아들은 서울 생활이 익숙한지 방학이 돼도 부산에 올 생각을 하지 않는다. 우리 아들은 6살 때부터 혼자 놀았다. 아직 어려서 엄마가 필요한데 놀이터에 가서는 엄마는 집에 가라고 한다. 아마도 엄마가 직장생활 하느라 피곤하다고 쉬라고 그런 것 같다. 큰아들은 애들 클 때 집에 있는 화장품이나 손이 닿을 수 있는 모든 것을 치워야 한다고 하는데 우리는 치울 필요가 없었다. 큰아들은 손대지 말라고 하면 신기하게 두 번 말하지 않아도 건드리지 않는다. 맞벌이 부부 아들은 타고 난다더니 그 말이 맞는가 보다. 우리 아들은 어릴 때부터 혼자 놀고 혼자 있는데 익숙했다.

우리는 아이들과 같이 지내는 시간도 짧지만, 결혼해서도 같이 살 생각은 해본 적이 없다. 결국은 옆에서 같이 끝까지 있을 사람은 남편뿐이다. 우리 남편은 이렇게 얘기한다.

"내가 너 보다 한 달 뒤에 죽을게. 네가 가고 나면 내가 다 정리하고 가야지. 너를 남겨두고 고생시킬 수 있겠나."

세상 일은 마음대로 되는 것도 아니고 남편도 모르는 게 아니다. 그런데 이렇게 얘기해 주는 남편이 고마웠다. 누가 더 남아서 혼자 보내야 할 지는 아무도 모른다. 결국은 우리 모두 혼자다.

나이는 숫자에 불과하다며 떠들고 지내던 게 엊그제 같은데 거울을 보거나 사진을 찍으면 이제 나이 표시를 숨길 수 없다. 예전에는 누군가 '어머니'라고 부르면 거슬렸는데 이젠 당연한 듯 받아들인다. 이렇게 서서히 혼자가 되어간다.

집에서 투명인간처럼 보던 부부 사이가 남편과 같이 3P 바인더를 알고 시간관리, 독서를 하면서 토요일 새벽 시간에 일반인들과 독서모임도 한다. 이렇게 지낸 지 불과 3개월 정도 밖에 되지 않는다. 우리는 새벽 4시에 일어나서도 반갑게 인사한다.

"사모님, 잘 주무셨습니까?"

아침만 되면 일어나기 싫어서 인사는커녕 표정까지 좋지 않았는데 새벽 시간에도 콧노래가 나온다. 3개월 정도의 시간이지만 우리는 많은 변화가 있었다. 우리 부부가 이렇게 좋은 시간을 함께 나누게 되라고는 생각도 못 했다. 남편도 나도 잘해보려고 노력을 하지 않은 건 아니었다. 하지만 어떤 일을 해도 이뻐 보이지 않았다. 그동안 두꺼운 벽이 쌓였다. 이젠 같은 꿈을 꾸면서 조금씩 벽이 허물어지고 지금은 없어서는 안 될 친구고 가족으로 살아가고 있다. 난 혼자가 아니다. 눈을 감기 전까지는 늘 남편과 같이 한다. 이제는 남편이 하고자 하는 일에 응원한다. 얼마 전에 술을 끊겠다고 선언을 하고 진짜로 7월 1일부터 술을 끊었다. 남편에게 이런 면이 있는 줄 몰랐다. 처음 술을 끊겠다고 하면서 날짜를 정할 때 믿음이 없었다. 끊으려면 당장 끊지 왜 날짜를 정하는지 못마땅했다. 그런데 남편은 해냈다. 이렇게 우리는 둘이 하나가 되어가고 있다. 남편이 요즘 핼쑥해 보인다. 보약이라도 한 재 해줘야겠다는 생각이 든다. 신혼 때 외에는 남편 얼굴을 보면서 대화를 해본 지가 언제인지 모르겠다. 술에 취하지 않고는 얼굴을 제대로 본 적이 없는 것 같다.

우리는 왜 미리 서로를 바라볼 생각을 못 했을까. 아무리 바빠도 가족만큼 소중한 것도 없는데 이렇게 소중한 사람을 챙기지 못하고 바깥으로만 눈이 갔다.

요가 이론에 쏠림이란 현상이 있다. 선천적으로 타고난 것도 쏠림현상으로 나타날 수 있다고 한다. 타고난 것은 쏠림의 불균형으로 나타나서 쏠림 현상으로 불편함을 해소하기 위해 노력을 해야 한다. 우리는 서로 다른 환경에서 오랫동안 생활하다가 사랑이라는 이름으로 만나서 한 가족을 이룬 만큼 서로 노력하지 않으면 안 된다. 조금 다르다고 불평할 게 아니라 이해를 해야 한다. 행복은 노력하지 않고 저절로 오지 않는다. 마음으로 진정 원하고 바라봐야 찾아온다.

우리는 둘 다 양쪽 부모님이 안 계셔서 한 푼도 없이 결혼했다. 조그마한 물건 하나를 사도 행복했던 우리였다. 그런 우리가 서로 다른 길을 걷다가 이제 다시 한 쪽을 향해 바라보고 가고 있다.

조금만 양보하면서 서로를 마주하는 시간을 가지면 된다. 서로의 입장을 바꾸어서 편지라도 한 통 써보는 시간을 가져보는 것도 괜찮을 것 같다. 어차피 일정한 시간이 가면 혼자가 될 사람들이다. 같이 있을 때 서로 사랑하고 아끼자.

창원에서 열리는 청춘 도다리에서 작은 음악회가 열렸다. 일을 마치고 창원까지 간다는 건 예전 같으면 상상도 못 할 일이다. 우리는 창원까지도 멀다 하지 않고 즐거운 마음으로 갔다.

고등학생답지 않게 작곡가들과 음악에 대한 설명을 잘해냈고, 클래식이라면 거리감이 느껴졌었는데 피아노 소리가 이렇게 좋은 줄 몰랐다. 우리는 그 자리에 인도해 준 모든 분에게 감사하게 생각했다. 어느 때와 마찬가지로 긍정에너지로 가득 채운 공간에서 행복한 밤을 보냈다.

오늘 만난 많은 사람들, 현재의 나를 행복하게 해주는 사람들이다. 지금 이렇게 좋은 만남이 어느 순간에 또 내 곁을 떠나게 될 것이다. 영원한 것은 없다. 다시 돌아오지 않을 시간임은 확실하다.

아무리 좋은 남편도 내 일을 대신 해주지는 못한다. 카운셀링은 할 수 있어도 내 인생은 결국 혼자 해결해야 한다. 남들이 주위에 있는데도 한 번씩 외로움을 느끼는 이유는 결국 혼자이기 때문이 아닐까. 내 인생의 주인공은 나다. 이 순간을 행복한 길을 갈 것인지 과거의 좋지 않은 추억을 떠올리며 원망하는 삶을 살 것인지는 내가 결정할 문제다. 가고 나면 오지 않을 이 소중한 시간을 나를 위해 무엇을 준비하면 좋을까?

마지막을 준비하는 이유

나이가 들어서 거실에 혼자 우두커니 앉아서 젊은 시절이 다시 오면 해보고 싶은 것을 생각하며 후회하고 있는 날 상상해 본다. 그때 말하는 내가 하고 싶은 게 뭘까. 혼자 남아서 하고 싶어 할 그 무언가를 적어보고 지금 찾아야 한다.

74세인 언니 앞에서 나는 40대면 좋겠다고 했다. 언니는 말한다.

"나는 네 나이면 날아다니겠다."

나도 언젠가는 내 나이를 언니처럼 부러워할 때가 올 것이다. 아직 언니에겐 내 나이가 황금기다. 그것은 아직도 내가 희망이 많다는 증거다.

언니는 자전거 동호회 활동을 하고 있다. 자전거를 싣고 전국을 다니면서 젊은 사람들과 어울려 다닌다. 카톡도 하고 이모티콘도 나보다 더 많이 사용한다. 내가 보기에 정말 나이는 숫자에 불과한 것 같다. 요즘 젊은 사람들이 체력이 더 안 될 때가 많다. 물론 구조적으로는 젊은 사람들한테 따라 가지는 못하겠지만, 정신력은 우리 세대가 더 강한 것 같다. 내가 언니 나이가 되면 언니처럼 건강하게 잘 지낼 수 있을까? 얼마 전까지만 해도 체력으로는 자신만만했는데 언제부터인가 자신감이 떨어진다.

　부모와 함께 지내기를 원하는 젊은 세대는 드물 것이다. 물론 예전처럼 잘 모시는 자녀들도 있겠지만 대체로 부모와 같이 지내지 않는다. 서로가 기대거나 기대하지도 않을 생각을 가지고 살아간다. 큰아들이 말한다.

　"건강하세요. 아프지만 않으시면 됩니다."

　건강이 내 마음대로 되는 것은 아니다. 퇴직하신 국장님 중에 거동이 불편하신 분이 있다. 명함을 가지고 다니실 때는 영향력이 대단한 분이셨다. 건강하시지 않으니 초라해 보였다. 국장님을 보면서 무엇보다 건강이 우선이라는 것을 다시 느낄 수 있었다.

　제2의 인생을 준비하느라 무리하게는 하면 안 될 것 같다. 젊은 사람들처럼 잠도 자지 않고 자기계발에 집중하다 보면 건강을 해칠 수 있다. 조금씩 내가 할 수 있는 만큼 건강을 꼭 챙겨보길 바란다. 할 일 없이 놀기만 해도 건강을 해칠 수가 있고 너무 과해도 좋지 않을 수가 있다.

　하루의 시간 계획을 미리 짜두고 규칙적인 생활이 가장 중요하다. 갑자기 오른쪽 다리가 쥐가 내리는 것보다 더 심하게 당기고 아파서 병원에 갔다. 허리 협착증이라고 했다. 어떨 땐 건널목을 건너다가 쓰러질까 봐 걱정될 정도로 아플 때도 있었다.

　병원에서 권유하는 치료는 다 받아봤는데 차도가 없었다. 앞이 캄캄했다. 벌써 이렇게 좋지 않으면 애들한테 부담을 줄까 봐 걱정했다. 요가를 시작하면서 많이 나았다. 아주 가끔 한쪽 다리가 아프긴 하지만 지금은 어디서 쓰러질 것처럼 아프진 않다. 체력이라면 자신 있었는데 출산 후 몸조리를 하지 못해서 조금씩 걱정은 됐다. 옛날 엄마들이 아주 아픈 이유가 출산 후 몸조리를 못 해서 그렇다고 한다. 산후조리원이 있는 것도 아니고 챙겨줄 사람이 없어서 혼자서 다 해야 했다. 가끔 나이 들어서 다리라도 아프면 어쩌지 하는 걱정은 된다. 부모님이 안 계시고 우리 때는 어린이집도 많이 없었다. 엄마가 없는 서러움을 많이도 느꼈다. 딸은 출산할 때 엄마가 가장 필요하다고 한다. 그래서 난 늦둥이를 지금도 별로 좋아하지 않는다. 늦둥이는 부모님과 같이 오래 함께 못해서 부모에게는 기쁨이 될 수 있을 지 몰라도 자식에게는 안 좋은 것 같다.

난 남편이 우는 모습을 처음 봤다. 단무지에서 뭔가를 기록하고 발표하는 시간이 있었다. 발표하면서 울었다. 한 번도 눈물을 보인 적 없던 남편의 눈물을 보니 마음이 아팠다. 나와 같은 입장이다.

젊었을 때부터 서로 위로하며 잘 지냈으면 더 좋았을 텐데 아쉽다. 세상을 살면서 왜 울고 싶은 날이 없었을까? 그래도 남자라고 참는다.

제2의 인생을 찾는 것은 건강한 삶을 위해서도 꼭 필요하다. 미리 준비하지 못하면 얼마 남지 않는 시간으로 인해 무리하게 된다. 마지막을 준비하는 자체가 행복이고 삶의 보람이다. 세상은 넓고 할 수 있는 일은 많다. 그러나 이것은 누구에게나 주어지는 것은 아니다. 준비된 사람만이 가질 수 있는 유일한 선물이다.

30년 후에 후회하지 않을 삶을 위하여 마지막 멋진 준비를 하여, 의미 있고 누군가에게 선한 영향력을 줄 수 있는 삶을 살아야 한다. '은퇴 후 30년 인생이 은퇴 전 30년생보다 나에게는 더 행복한 인생이었다'라고 할 수 있으면 성공한 인생이 아닐까?

준비하지 못한 사람들의 불행

　준비하지 못하는 사람들은 불행할 수밖에 없다. 직장을 그만두면 모든 게 달라진다. 처음에는 편할 것 같지만 약간의 시간만 지나면 세상에서 내 존재가 얼마나 힘이 없고 나약한 존재인지를 느끼게 된다. 소속이 없어지는 순간 카드 한 장 만들고 싶어도 만들어지지 않는다. 직장을 그만두고 나면 처음에는 알지 못하지만, 시간이 지나면서부터 서서히 하나씩 느끼기 시작한다.

　직장에 다니고 있으면서도 준비가 되지 있지 않다면, 노후라는 단어를 접할 때마다 걱정만 한다. 노후를 생각하면 맘이 든든해야 하는데 그냥 바라만 보고 있으니 마음이 불행해질 수밖에 없다. 직장생활을 하면서 30년이나 지났는데 나에게 남은 건 경력밖에 없다. 30년이라면 같은 계통에 무엇을 해도 전문가가 되어 있어야 하는데 전문가는커녕 당장 여기를 벗어나면 아무것도 할 수 있는 일이 없다. 내게 필요한 건 경력이 아니라 경쟁력이다.

경쟁력이 있으면 언제 어디서나 당당할 수 있는데 경력만 가지고는 아무 데도 쓸데가 없다. 경력은 경쟁력이 뒷받침될 때 쓸모가 있다.

우체국은 전문가가 될 수 없는 이유가 있다. 한곳에 오래 근무를 못 한다. 평균적으로 2년에 한 번씩 인사 이동이 있다. 금융 업무를 취급하다 보니 사고 예방 차원에서 최고 오래 근무할 수 있는 기간이 3년이다. 금융업무 담당으로 발령 나서 몇 년간 열심히 하고, 금융 업무에 대해 전문가가 될 만하면 또 다른 곳으로 발령이 난다. 연관되는 부서면 좋은데 완전히 업무가 다른 부서로 발령 나는 경우가 많다. 소포 영업과로 발령이 나면 여기서는 택배나 국제소포(EMS)를 취급한다. 업무 내용이 다르다. 다시 배워야 한다. 모르는 것을 공부하며 열심히 업무를 익힌다. 그러다가 시간이 지나면 서서히 업무에 자신감이 조금씩 생긴다. 그럴 때쯤 또 다른 곳으로 간다. 승진 발령이 있으면 우리는 경남 지역으로 간다. 일을 잘하는 직원은 내 고객이 최소 10명은 따라 다녀야 한다는데 우리 환경은 그럴 수가 없다. 고객관리를 하고 싶어도 다른 지역으로 가게 되면 기존고객을 유지하기는 어렵고 새롭게 맞이해야 한다. 더군다나 고객관리와는 상관없고 지원부서에 가게 되면 여태 잘 알고 있던 영업부서에 일은 까맣게 잊어버린다.

요즘은 예전과 달리 하루가 다르게 업무지침이 변경되고 새로운 게 많이 생긴다. 우리는 매월 평가받는 CS가 있다. CS 평가 시 제일 점수가 나오지 않는 부분이 보험이다. 성적이 나오지 않는 원인이 전문가가 없다는 것이다. 잦은 발령으로 가장 많이 변경되고 새로운 상품이 나오는 보험이다 보니 그것에 대해 아는 전문가가 없다. 고객이 질문하면 대답을 못 해서 콜센터로 떠넘기는 경우가 많다고 한다. 나 역시도 금융 업무만 20년 이상 봤지만 지금 금융 업무 쪽의 일을 담당한다면 아는 게 없다. 처음부터 다시 시작해야 한다. 신규자와

똑같다. 더 어려운 건 예전과는 다르게 단순하지도 않다. 종류도 많아서 파악하기도 어렵다. 우리한테 자신감은 업무에 대해서 박식할 때다. 고객을 대할 때도 업무에 자신이 없으면 표정도 자연히 어두워진다. 고객의 질문내용에 당황스럽고 친절할 수가 없다.

  30년을 근무하고도 이렇게 적응하기가 어려운데 명함이 없는 은퇴 후의 나는 어떻게 될지 생각해볼 필요가 있다. 내가 할 수 있는 잘하는 일을 찾아서 자기계발을 하고 제2의 직업을 찾게 되면 우리의 경력은 도움이 된다. 고객을 대하는 방법이나 그동안 직장생활의 노하우가 있다. 그러나 아무것도 없는 백지 상태에서는 이러한 직장 경험은 아무 소용이 없다. 은퇴 후 30년, 잘 지내고 싶지만 어떻게 해야 하는지 방법을 모르니 엄두가 나지 않는다. 잠시 생각만 할 뿐 금세 남의 일인 듯 잊어버리고 직장에만 얽매여 시간을 보낸다. 내가 생각하는 우체국 공무원은 착하다. 하지만 이 세상은 착하다고 누가 알아주지 않는다.

  나는 회식을 할 때도, 전체 분위기를 위해서 제자리에 가만히 앉아서 먹을 때가 없다. 컨디션이 좋지 않을 때는 조용히 있고 싶은데 할 수 없이 움직여야 하는 의무감이 있다. 요즘은 대부분 간염 같은 전염병 때문에 각자 잔에 따라서 필요한 만큼 마시는 추세인데도 우리 우체국은 아직도 술잔을 돌리며 권한다. 술잔을 돌리다 보면 많이 마시게 된다. 처음에는 분위기가 조용하다가 술을 좀 마시면 분위기가 웃음꽃이 핀다. 다음 날이 걱정은 되지만 그 자리에서만큼은 최선을 다한다. 회식은 업무의 연속이다. 회식 자리에서 못했던 말도 하게 되고 서로의 감정을 풀기가 좋다. 전체 분위기도 좋아진다. 옛날에는 술을 잘 마셨다. 그런데 요즘은 조금만 마셔도 얼굴이 붉어진다. 얼굴이 발갛게 달아오르면서도 나로 인해 옆 사람의 분위기를 다운시킬까 봐 억지로라도 같이 마신다. 내일 걱정은 하지 않는다.

그렇게 열심히 일하고 노력해도 우리에게 남는 게 뭐가 있나? 은퇴할 때가 되어도 할 수 있는 일이 하나도 없다. 부당한 일을 당해도 끝까지 그 자리를 지켜야 한다. 30년 이상 근무하고 내게 경쟁력이 없다는 게 슬프다.

퇴직하고 손자, 손녀를 돌보느라 바깥 출입도 잘하지 못하고 집에 있는 경우가 많다고 한다. 한 직장에 30년 이상 다니기도 쉽지 않은데, 정년을 맞이하고 뒷방 늙은이로 살아가야 하는 경우가 많다. 우리도 먼 미래를 수시로 돌아보자, 어떤 계기가 있어야 우리는 긴장하고 뭔가 준비를 한다. 준비해야 한다고 생각할 때는 이미 너무 늦을 수도 있다.

독서 리더 담당 마스터님은 KT에 20년 이상 다녔다고 한다. 권고사직 대상자가 되기 전에는 정년까지 무탈하게 직장생활을 할 수 있으리라 생각했는데 그 믿음이 허망하게 깨져버렸다. 그리고 5년 후, 10년 후의 미래가 보이지 않아 방황했고, 책을 통해 방황을 끝낼 길을 찾고자 했다고 한다. 1년에 1,003권을 읽었다고 한다. 책을 읽는 것에만 그쳤다면 삶에 변화가 없었을 것이다. 마스터님은 책을 읽고 자신의 삶을 변화시킬 수 있는 해법을 찾고 실제로 삶을 변화시켰다. 책을 읽고 방황을 끝낼 수 있는 길을 찾았고, 직장에서도 없어서는 안 될 중요한 직원으로 인정받았다. 그동안 읽은 책과 삶의 경험으로 책도 출판했고, 현재는 독서 모임 등을 통해 자신의 독서 경험을 나누고 있다.

우리도 마스터님처럼 끝까지 다닐 수 없는 상황이 올 수도 있다. 직장을 잃고 준비를 하다 보면 경제적인 문제에 부딪힐 수도 있다. 직장을 다니면서 내 자리를 찾는다는 것은 훨씬 많은 장점이 있다. 미리 준비하지 않고 은퇴를 맞이하게 되면 여러 가지 사정으로 또 내가 하고 싶지도 않은 일을 억지로 하게 되는 상황이 올 수도 있다. 하나를 내 것으로 만들기 위한 시간이 최소 2년이 걸린다. 2년 후 내 적성에 맞으면 다행인데 어떠한 사정으로 인해 할 수 없으면 다시 새로운 일을 시작하려면, 시간이 오래 걸린다. 최소한 3개 정도의 일을 정해놓고 준비를 하면 내가 할 수 있는 일을 골라서 할 수 있다. 직장이 있으면 준비하던 일이 마음에 들지 않으면 방향을 바꾸어 새로운 것을 할 수 있지만, 직장이 없다면 다른 사유로 인해 새로운 것에 도전할 수 없을 수도 있다. 미리 미래를 위해 준비해야 내 인생의 불행을 방지할 수 있다.

또 준비하지 못한 사람들의 불행 중 제일 중요한 것이 건강이다. 아무리 미리 준비했다고 하더라도 건강하지 않으면 아무 소용이 없다. 좋은 습관은 내가 하고 싶은 일을 편안하게 해준다는 말이 있다.

운동도 습관을 만들어야 한다. 습관이 되지 않으면 운동도 잘 안 된다. 매일 반복해서 운동하고 일과에 나도 모르게 할 수 있도록 습관으로 만들자. 그리고 건강에 대한 공부도 같이하는 것이 좋을 것 같다. 내 몸에 맞은 음식이나 운동을 하는 것이 무작정 하는 운동보다 몇 배의 효과를 얻을 수 있다.

난 2년 전부터 마음속에 불행이 자리를 잡고 있었다. 무슨 일을 해도 없어지질 않았다. 불행을 다르게 바꿔 보려고 노력하지 않았으면 아마 지금 글쓰기를 하면서 내 마음을 달래볼 수도 없었을 거고 내 이마엔 주름살만 늘었을 것이다.

하루의 반은 화가 났다. 준비하지 못한 불행은 내가 만든 것이다. 누구를 탓할 수도 없는데 남 탓만 하고 지내왔다. 그런다고 세상이 변하거나 내 상황이 변하지 않는다. 그런 불편함을 포기하고 그대로 지내기보다 과감하게 도전해 볼 필요가 있다.

하지 못할 나이는 없다. 준비하지 못한 삶에 후회만 하고 있어 봤자 아무런 도움도 되지 못하고 생각할수록 도리어 더 힘만 든다.

내 생각을 바꾸고 나니 승진이 안 돼서 죽을 것 같은 마음도 사라지고, 그로 인해 내 인생의 전환점이 됐다. 마음먹기 따라서 불행이 또 다른 기회를 만들어 준다. 내가 할 수 있는 것이 없고 막힐 때는 남들은 할 수 있는데 내가 못하는 이유에 대해서 생각해 보는 것도 좋을 것 같다. 특별히 재능이 있어서 성공하는 사람은 아주 드물다. 많은 시간의 노력과 힘을 쏟아서 재능이 나타난다.

난 노력도 해보지 않고 이제는 희망이 없다고 포기하고 산 세월이 후회된다. 노력도 해보지도 않고 나에 대한 한계를 내가 정해놓고 그 길을 건너지 못하게 꽁꽁 묶고 불행하다고 생각하고 지냈다.

좋은 생각은 좋은 일을 만들어 주는 것 같다. 준비되지 않는 나를 마주 봄으로써 다른 일을 준비할 수 있도록 옆에서 누군가 도와주는 것 같은 느낌이 든다.

내가 준비를 할 마음가짐이 되어 있으니 다른 부수적인 것도 따라와 준다. 내가 준비할 마음이 없으면 오던 기회도 달아나 버린다. 준비되지 않는 불행한 삶을 살 것인가? 아니면 할 수 있다는 자신감으로 다시 새로운 것에 도전해 볼 것인가. 나와 마주하는 가치 있는 시간을 만들어 보자.

준비한 사람 VS 준비하지 못한 사람

준비하지 못한 사람에서 준비하는 사람으로 사는 과정을 앞에서 말한 것을 종합적으로 소개하고자 한다.

첫째, 좋은 습관 만들기다. 좋은 습관은 하고 싶은 일이나 필요한 일을 할 때 힘들이지 않고 편하게 할 수 있도록 도와준다. 좋은 습관을 위해서 블로그 100일 프로젝트를 사용한다. 매일 새벽 4시에 일어나서 일상과 책에 관련된 것을 읽고 깨달은 것과 적용할 것에 대해 기록하고, 실천할 사항은 즉시 실행에 옮긴다. 블로그는 타인과의 소통의 장이다. 블로그를 이용함으로써 타인에게 공개하여 목표를 달성할 수 있도록 도움을 받을 수 있는 역할을 한다. 타인에게 공개를 함으로써 실천을 하지 않을 수 없다.

둘째, 바인더 기록하기다. 바인더는 나의 시간관리를 해 줄 뿐만 아니라, 효율적인 시간관리가 되고, 어디에 시간을 사용하는지 한 눈에 확인할 수 있어서 자기경영을 할 수 있다. 또한 같은 일을 하더라도 시간을 관리함으로써 알차게 활용할 수 있다.

셋째, 서브 바인더를 만든다. 매뉴얼별로 서브 바인더를 만들어 사용함으로써 내 삶의 매뉴얼이 될 수도 있고 계획을 실천하는 데 도움을 준다. 내 일기와도 같은 것이다. 바인더에 사명이나 버킷리스트를 작성함으로써 내가 원하는 인생의 계획을 실행할 수 있는 희망을 안겨준다. 기록은 기적을 낳는다는 말이 있다. 기록함으로써 내 계획을 구체적으로 짜볼 수도 있고 실천사항을 점검할 수 있다. 내 주위에는 바인더에 버킷리스트를 기록함으로써 생각지도 않았던 꿈을 이루고 사는 사람들이 많이 있다.

넷째, 독서 리더 과정을 한다. 독서를 통해 현재 내 삶이 가치 있는 삶으로 변화하고 있다는 것을 느낀다. 가치의 효과를 두 배로 하는 방법을 타인과 공유하는 것이다. 독서 리더 과정은 독서 기본 과정을 하고 독서 리더 과정을 듣는다. 독서 리더 과제 중 하나로 독서 나비를 만드는 것이 있다. 독서나(나로부터) 비(비롯되는)는 내가 하고 싶은 일이기도 하다. 독서 나비로 인해 많은 사람들이 올바른 독서법으로 인해 변화되는 가치 있는 인생으로 함께하고 싶다.

독서 나비를 운영하기 위해 페이스북에 글을 올렸다. 군 복무 중인 둘째 아들이 보고 메신저가 왔다.

"우리 엄마 정말 열심히 사시네요. 저도 군대에서 열심히 할게요."

눈물이 났다. 어릴 때 이렇게 못했던 것도 후회가 되고 변화는 내 모습을 아들이 좋게 받아들여 주니 무엇보다 기뻤다. 가족이 같이 변할 수 있다는 생각이 들었고 더 열심히 하고 싶은 동기부여를 받았다.

남편은 동래 나비로 1회를 벌써 진행했다. 남편이 하는 독서 모임을 토요일 아침 7시에 했다. 우체국 직원들은 너무 이른 시간이라고 다 고개를 흔들었다. 그래도 일찍 오는 사람들은 일찍 참여했다. 이렇게 부지런하게 사는 사람들이 많다는 것을 독서 모임을 하면서 더 잘 알 수 있었다.

다섯째, 바인더 마스터 과정까지 마치는 것이다. 바인더 프로 과정만 들은

지 40일 정도밖에 되지 않았는데 바인더 기록에 대한 기대가 엄청 크다. 내 삶이 완전히 달라지는 것을 체험했다.

바인더에 관련된 책 『성과를 지배하는 바인더의 힘』을 읽고 남편과 TV 리모컨으로 다투는 일도 없어졌다. TV와 소파를 중고시장에 내놨다. 거실을 독서실 분위기로 만들기로 했다. TV는 얼마 안 있어 팔렸는데 소파도 파는데 한참 걸렸다. 이제는 거실을 바꿀 수 있게 되었다. 하나씩 바뀌는 일상이 신기하기만 하다.

남편과 같이하려니 돈은 2배로 들지만, 같이 한다는 것이 얼마나 행복한지 모른다. 늘 술로 싸우고 서로에게 사랑이 남아 있는지 의심이 될 정도였는데 이제는 늘 같이 있다. 남들은 좋지 않다고 하는 사람들도 있는데 난 이렇게 지내는 것이 좋다.

마지막으로 하는 일은 글쓰기다. 글쓰기는 행복을 준다. 나에 대한 목표나 계획을 세움으로써 글쓰기도 알게 되었고 지금은 책을 쓰고 있다. 책쓰기는 내 버킷리스트에 기록되어 있다. 하나씩 실행되고 있다. 남들이 다 자는 새벽 시간을 활용하는 것은 더없는 행복이다. 매일 새벽 선물을 받는다. 돈이 드는 것도 아니다. 매일이 선물이다.

글을 쓰면서 나를 돌아볼 수 있게 되었다. 내가 누구인지 내가 왜 이렇게 살고 있는지 무엇을 더 챙겨야 하는지 모든 것은 아니지만 눈물을 흘리며 글을 적어 내려갔다. 글을 쓰지 않았다면 선물인 새벽 시간에 나를 보며 마음껏 눈물을 흘려 볼 수 없었을 것이다. 하나씩 내가 살고 싶은 삶이 다가오고 있는 것 같다. 예전에는 내가 원하는 것, 하고 싶었던 것이 있었지만 할 이유도 없었고. 더 중요한 건 내가 좋아하는 일인지 알 수가 없었다.

얼마 전에 교육원 교수님 한 분에게서 전화가 왔다. 교육원에 자기계발 프로그램을 하려고 하는데 현장에 근무하는 직원 중에 한 명을 소개해주셨다고 했다. 난 그것만으로도 족하다. 누군가의 머릿속에 나를 기억해 준 사실만으로도 소원을 이룬 것과 같다. 예전처럼 계획 없는 삶을 살고 있었더라면 이런 얘기도 들을 수 없었을 것이다. 기회가 오던 안 오던 중요하지 않다. 이제부터 시작이니까.

준비할 수 있는 게 있다는 것이 행복하다. 만일 예전처럼 꿈이 없었다면 아직도 남편 때문에 승진이 좌절된 것을 원망하며 망가졌을 수도 있다. 하지만 그것을 바탕으로 전환점을 만들었다.

행복한 인생을 위해 독하게 살 것이다. 지금까지는 할 수 있는 일만 하면서 지내왔다. 이제는 할 수 있는 일보다는 내가 하고 싶은 일을 위해 꼭 필요한 일을 찾아서 도전해 나가는 인생을 살아보고 싶다.

준비하는 사람에게 필요한 것은 과거도 미래도 아닌 지금 이 순간을 최선을 다해 살아가는 것이다. 술로 인생을 살아온 남편과 또 직장생활에 올인하느라 가정을 챙기지 못한 과거였지만 이 순간을 활용하여 값진 미래를 만들어 나갈 것이다.

내 주위의 사람들은 변해 가는 내 모습을 보면서 부러워하는 사람도 있고, 응원해 주는 사람도 있다. 타인에게 받는 응원보다 준비하고 있는 나 스스로에게 위로해 주고 싶다.

앞으로 한 달 뒤, 두 달 뒤 변해 있을 내 모습에 가슴이 뛴다. 변화가 보이지 않더라고 변화해가기 위한 노력을 하는 자체로도 내 삶을 가치 있고 살맛나게 만든다.

아직 준비를 생각하지 못하거나 생각하고 있더라도 막연한 사람이 있다면 먼저 독서를 하고 글쓰기 먼저 시작해 보는 것을 추천한다.

제5장
아름다운 인생을 위하여

모든 준비를 다 갖출 순 없다

사람의 욕심은 끝이 없다. 하나를 갖고 나면 하나가 더 갖고 싶어 하는 게 사람의 마음이다. 난 보기와는 다른 게 질투심이 강한 편이다. 학교 다닐 때도 친구가 파란색 잉크를 쓰면 나도 갖고 싶어 했고, 친구가 새 노트를 사면 나도 갖고 싶어서 엄마 지갑에서 동전을 훔쳐서 샀다가 들켜서 많이 맞았던 기억이 난다. 나는 노력도 해 보지 않으면서, 열심히 해서 잘된 사람들을 보면 부러워하고 부모에게 물려받은 게 없다는 이유로 우울해 했다.

물론 부모님을 잘 만나서 출세하고 잘 지내는 친구들도 있지만, 아무것도 없어도 스스로 노력하고 남들보다 죽을 만큼 힘들게 노력해서 성공한 사람들이 더 많다.

아무것도 없이 결혼한 우리는 엄마가 돌아가시기 전에 살던 곳에 전세 400만 원에 월 4만 원씩 주고 살았다. 결혼을 남들보다 조금 빨리 한 나는 신혼집이라고 나름대로 예쁘게 꾸몄다고 생각했다. 결혼하고 집에 사람들을 초대해야 하는데 아무도 도와줄 사람이 없어서 혼자 준비했다. 요리책을 보고 그대로 만드느라 한 달 월급을 다 쓸 만큼 기초 재료부터 다 사서 만들었다. 친구 9명을 불러서 1박 2일 집들이를 했다. 새벽에 일어났는데 남편이 안 보였다.

한참 기다리고 있으니 중국집 배달용 철가방을 들고 아침밥을 준비해 왔다. 어떻게 된 일인지 물어보니 식당이 문을 안 열어서 주인을 깨워서 같이 준비하고 들고 온 거라고 했다. 이 글을 적다 보니 신혼 시절 생각이 나서 웃음이 난다. 그때의 마음이 지금까지 유지될 수는 없는 걸까?

그리고 3년 후 친구 중에 한 명이 결혼을 했다. 신혼집에 초대해서 갔는데 그당시 32평 아파트였다. 나에게는 충격이었다. 만족하며 살고 있다고 생각했는데 친구 집을 보니 질투심이 생겼다. 난 어릴 때부터 초가집에 슬레이트 집, 육성회비도 못 내서 독촉받고 살았는데 결혼해서도 이렇게밖에 못 산다고 생각하니 갑자기 초라해지기 시작했다.

집으로 돌아와서 곰곰이 생각하다가 17평 아파트로 이사했다. 2,500만원이 었는데 돈이 없어서 대출을 받고 무리해서 이사했다. 결혼하자마자 첫 애까지 낳았으니 육아비용과 전세금 대출까지 저금할 돈이 없었다. 경력이 좀 쌓이고 월급이 올랐지만, 공부를 마치지 못한 것이 걸렸다. 그래서 야간대학을 갔다. 하지만 돈을 버는 것보다 나가는 돈이 많았다. 그래도 맞벌이를 하니 부유하지는 않지만 살 집이 있고, 차도 있고 아들이 2명이나 있으니 마음은 언제나 부자였다.

친구와 비교하기 전에는 조그마한 장롱을 하나 사도 행복했고, 커튼을 새로 장만해도 좋았다. 어느 순간 다른 사람과 비교를 하고 나서부터는 행복이 자꾸 작아지고 불행하다는 생각이 더 들었다. 친구들한테는 있는 부모 복도 없고 아무것도 없는 남편을 만난 것이 후회되고 내 신세에 대해 한탄하기 일쑤였다. 그런 나를 감추고 늘 부자이고 행복한 사람인 것처럼 지냈다.

새벽에 신문, 우유와 같이 들어오는 남편이지만 다른 사람에게는 자상하고 좋은 남편, 좋은 아빠였고 누구보다 행복한 가정을 이루고 사람으로 되어 있었다. 한 번씩 웃지 않고 가만히 있는 나를 보면 표정이 무서워 보인다고 했다. 그 모습이 나의 진짜 모습이었을지 모른다.

겉으로 보는 나는 모든 것이 갖추어진 사람이었지만 속의 나는 모든 게 부족한 나였다. 준비되어 있진 않은 건 진실이지만 나를 힘들게 하는 건 남과 비교하는 것이다.

친한 친구가 있다. 친구의 집에 가면 젊고 예쁜 엄마도 있었고 사업을 해서 돈도 많이 벌어주시는 아버지도 계셨다. 슬레이트 집으로 이사 왔다고 자랑하던 시절에 친구는 요즘 아파트같은 집에 살고 있었다. 집에 오면 엄마를 때리는 아버지와 행상을 하는 엄마와 사는 나와는 비교할 수 없었다. 그런데도 친구도 불만이 있다고 했다. 불만은 어디에서 오는 걸까. 나만 바라보면 오지 않을 텐데 나보다 더 나은 것만 바라보는 데서 오는 것 같다.

오빠는 부잣집에 결혼했다. 가정교사로 있다가 인연이 되어 결혼했다. 새언니 집은 부자였지만 좋은 대학에 못간 것이 불만이었고 우리 집은 한 집안에 한 명도 가기 어렵다는 서울대를 2명이나 갔다. 새언니 집은 우리 집을 부러워했고 우리는 부자인 언니 집을 부러워했다.

'남의 떡이 커 보인다.'는 말이 있다. 남들과 마음대로 비교해서 우울해야 할 필요는 없다. 행복은 마음먹기 달려 있다. 아무리 돈이 많아도 스스로 불행하다고 생각하면 불행한 것이고 하찮은 것이라도 항상 감사하게 생각하면 행복하고 즐겁다. 동전에 양면이 있듯이 불행하다고 생각하면 불행한데 다르게 해석하면 감사하는 마음이 된다. 예를 들어 손가락이 엄지와 검지밖에 없다고 가정하자. 다른 사람처럼 엄지와 검지 밖에 없어서 불행하다고 생각하면 불행한데 역으로 생각하면 엄지와 검지가 있어서 집을 수 있으니 행복하다고 생각하면 감사한 일이 된다.

이미 모든 준비가 다 되어있다면 준비하면서 오는 행복함을 느낄 수 없고, 준비할 게 있다면 준비를 위한 목표를 세우고 새롭게 도전하는 즐거움을 느낄수 있을 것이다. 한꺼번에 모든 걸 갖추려고 하지 말고, 목표를 하나씩 정해서 실행해 보도록 하자. 준비하려고 시작하는 그때가 가장 빠른 시기다.

모든 준비를 다 할 순 없다. 아무리 완벽하게 준비를 했다 하더라도 후회는 남게 마련이다. 할 수 있을 때 하나씩이라도 준비하는 인생을 산다면 매일이 행복하지 않을까? 그냥 시간에 떠밀려 사는 인생과 다 갖춰진 못해도 하나씩 갖추려고 노력하는 인생, 어떤 인생이 의미가 있을까.

내 삶을 대하는 태도

서울이나 경기도에서 수업 스케줄이 있어도 필요하다고 생각되는 교육이라면 망설임 없이 배우러 간다. 이제는 내 삶을 대하는 태도가 달라져야 할 시점이다. 얼마 전에 아는 분 중의 한 사람이 MBTI(16가지 성격유형검사) 검사를 한 번 해보고 싶다고 했다. 어느 정도 나이가 있는데도 장소와 금액 상관없이 빠른 결정으로 뛰어다니니 신기했던 모양이다.

천안에 있는 교육원에서 성격 테스트를 해 볼 기회가 생겼다. 결과가 내가 생각하는 것과 같았다. 내면은 내성적인데 사회 생활을 하면서 외향적으로 변했다. 내가 생각하는 나와 다른 사람들이 보는 내가 다를 수 있다고, 다른 사람들에게 내가 어떤 사람인지 물어볼 필요가 있다고 한다. 나도 내가 생각하는 나와 남들이 말하는 내가 다른 사람 중의 한 사람이다. 늘 명랑하고 어디서나 활달한 내 모습으로 알고 있는데 난 스스로 그렇지가 못했다. 낯선 곳에 가면 걱정이 되었고 앞에 나가서 주도하는 것이 싫었다. 그런데도 어디를 가던 내가 먼저 시작해야 하고 분위기를 맞춰야 할 것 같은 의무감이 생긴다.

눈물이 나도 누군가의 앞에서 눈물을 보인다는 게 싫어서 눈물이 날 때마다 다른 생각을 해서라도 참고 강한 척을 했다. 늘 명랑하고 활발한 사람으로 인정받고 싶었다. 기죽는 건 죽을 만큼 싫었다.

남들보다 잘해야 하고 칭찬을 들어야 했다. 주말에는 가정보다는 월요일부터 어떤 이벤트나 좋은 일로 직원들이 날 좋아하게 만들까 하는 고민도 많이 했다. 나보다는 남들에게 잘 보이기 위한 삶을 살았다. 진정으로 행복한 적이 별로 없었던 것 같다. 밖에서는 웃는 나였고 집에서는 늘 우울한 나였다. 혼자 있을 때는 늘 걱정이 없을 때가 없었는데 직장동료들이나 나를 아는 직원들은 내가 아무 걱정거리 없는 사람인 줄 안다.

얼마 전에 글 쓰는 얘기를 하다가 어떤 분이 그랬다. 어려운 환경에서 성공한 사례들이 사람들에게 감동을 준다고 했다. 그 말은 난 어렵지 않고 늘 행복하고 즐겁게 산 인생이라 남들이 감동할 만한 내용이 없을 거라는 말을 한 것으로 해석했다.

내가 아무런 어려움 없이 잘 먹고 잘사는 사람으로만 남들에게 보이기 위해 얼마나 내 마음이 상하고 아팠을까 하는 생각을 했다. 남들에게 철저하게 감추며 즐겁게 살려고 노력하면서 내 마음이 얼마나 힘들었을까 생각했다. 글을 쓰면서 나 스스로 나를 위로했다.

얼마 전에 독서 리더 과정에서 원 포인트 레슨이라는 수업이 있었다. 내 생활과 적용해서 12장의 파워포인트를 만들어서 발표하는 시간이었다. 조별로 발표하고 그중에 조 대표로 한 사람씩 나가서 전체 수강생들한테서 발표했다. 내 스토리와 반전, 그리고 맺음말로 구성해서 만들었다. 실제 내 생활을 적용하다 보니 남들에게 말하지 못한 어려운 내 생활을 그대로 담았다. 발표를 끝내고 자리에 오니 그 중에 한 분이 누군가 옆에서 그랬다.

"선배님에게 그런 어려운 생활이 있었군요."

이래서 책이 좋다. 책으로 만난 사람들 앞에서는 꾸밈없이 내 생활을 다 털어놓고 나 자신을 받아들일 준비가 되어 있다. 그래서 내 삶에 대하는 태도가 달라진다.

있는 그대로의 나를 받아들이고 인정한다고 다른 사람이 날 대하는 태도가 달라지지 않을 텐데 그리고 남들은 내 인생에 관심도 없었을 텐데 그런 사람들 앞에 난 감추려고 애쓰면서 힘들어 했다. 이제는 다른 생각 없이 즐거우면 마음껏 즐겁고 슬프면 마음 놓고 울 줄도 안다.

창원에서 청춘 도다리 창립 1주년에 참석했을 때 4명이 강연을 했고 강연자는 전문가가 아니라 일반 회원이다. 어려운 상황을 극복하고 경험하지 못했던 자기 자신의 변화에 관해 얘기하고 서로 하나가 되어 슬프면 울고 기쁠 때 같이 마음껏 웃었다. 그런 상황들이 나와 일체가 되면서 이런 게 정말 인생이고 살고 있다는 것을 느꼈다. 특히 68세의 연세 드신 분이 행글라이더를 타고 싶다고 해서 청춘 도다리에서 같이 꿈을 이뤄주는 시간을 가졌고 지금은 종이접기를 배우고 있다고 했다. 젊은 시절부터 어려웠던 환경을 꾸밈없이 털어놓는데 강연장은 눈물바다가 되었다. '도전하는 꿈은 언제나 아름답다.' 라는 말이 이럴 때 쓰는 말인 것 같다. 나 또한 흘러내리는 눈물을 감출 수가 없었다. 엄마 생각도 나고 여러 가지 상황이 머릿속을 스쳐갔다.

이렇게 모든 사람이 한 마음이 돼서 서로 위로해주고 같이 울 수 있는 곳이 있다는 거, 또 그런 곳을 내가 알고 이 자리에 있을 수 있다는 자체가 행운이었고 지금까지 열심히 살아온 대가로 받은 선물 같았다.

30년 직장생활을 하면서 회식을 하면 술을 마시고 상사, 동료들을 도마 위에 올린 적이 있었다. 한 번씩 스트레스를 푸는 것도 나쁘지 않다는 명목으로 술을 마시고 그런 분위기에 동조해주는 것이 바르다고 생각해서 같이 맞장구쳐주고 하나가 되어 같이 욕도 했다. 스트레스는 풀리지만, 그때뿐이고 늘 반복적인 일상이었다. 그런 것도 때론 필요할지는 모르겠지만 지금 생각해 보면 그런 시간이 너무 많았다.

책을 좋아한다. 내 생활에 책을 보기 위해 새벽 3시까지 잠을 못 자는 건 생각도 못 했다. 이제는 책이 새벽을 깨우고 날 행복하게 한다. 세상을 보는 방법이 달라졌다. 만나는 사람들이 많이 달라졌고 무한한 긍정 에너지를 주는 사람들이 주위에 많았다는 걸 알았다. 어쩌면 내 마음이 달라져서 느끼는 것일지도 모른다. 우체국 이야기와 뒷말 등 거의 뻔한 얘기들뿐이었는데 대화하는 내용이 달라졌다. 우연히 알게 된 글쓰기 수업을 들으면서 나를 돌아보게 되었고, 내 삶을 대하는 태도가 서서히 변화되고 있다. 새벽 4시에 일어나도 피곤하지 않고, 월요병도 없어졌다. 내 삶에 대해 나에 대해 진지하게 생각하는 시간이 많아졌다.

좋아하는 것도 달라졌다. 이렇게 사람이 바뀔 수 있을까. 내 삶이 변화되고 있다는 것을 느껴지는 게 좋았고 내게 새로운 관심사가 자꾸 생긴다는 것도 행복하다.

어릴 때 엄마와 같이 우물에 물 길어 갈 때도 아무런 욕심 없이 엄마와 같이 있다는 자체가 꿈이었고 행복이었다. 우리 집 뒤편에 산이 있었는데 거기 올라가면 오토바이처럼 생긴 나무가 있었다. 그 나무를 내 나무라고 정해놓고 엄마가 일하러 가시면 때로는 혼자서 그 나무 위에서 온종일 놀 때도 있었다. 산에 있는 창꽃을 뜯어먹고 소나무에서 나오는 물을 입술이 터지는 줄도 모르고 먹었다. 그때는 아무런 사심이 없었다. 새소리, 시원한 바람 소리, 소나무들, 산에 있는 나무들이 내 친구였다. 욕심도 없고, 가지고 싶은 것도 없었다. 태풍이 와서 집이 무너질까봐 밖에서 쪼그리고 앉아 있을 때도 엄마와 같이 있다는 자체만으로 좋았다. 그렇게 순수했던 내가 욕심이 생기고 많은 것을 가지고 싶은 안 좋은 습관이 생겼다. 내 삶을 대하는 태도가 크면서 달라졌다.

이제는 그 순수했던 마음으로 독서모임을 만들 예정이다. 초심을 잃지 말라는 말이 있다. 살다 보면 초심을 잊어버리고 다른 세상을 향해 끝없는 욕심을 찾아 나선다. 욕심을 욕심이라 인정하지 못하고 나처럼 현재에 생활에 떠밀려 하고 싶은 일을 찾을 생각을 못 하고 있는 누군가의 사람들을 위해 조금씩 전파하고 싶다. 독서모임 이름은 큰 솔 나비다. 큰 솔의 의미는 송홧가루가 세계로 퍼지듯이 독서가 온 세상을 뒤덮은 그 날을 기대한다는 의미이고 나비는 '나로부터 비롯되는'의 준말이다. 우리는 어릴 때의 순수한 마음을 찾아 조금씩 나를 알아보는 나를 뒤돌아보는 귀한 시간을 가지는 것이 필요하다. 남들에게 보이기 위한 자기계발이 아니라 내가 만족할 수 있는 자기계발을 시작해 보자.

순자는 말한다. "운명은 선택되는 것이다. 운명이란 닭장 속에 떨어진 매의 알과 같은 것이다. 스스로 닭처럼 평범하고 무료한 삶을 선택할 수도 있고 매처럼 힘찬 날갯짓을 하면서 일생을 살아갈 수도 있다."

운명이라는 틀을 정해두고 또 내가 이렇게밖에 살 수 없다는 자기규정을 만들어놓고 사는 건 아닌지 생각해 보자. 운명은 이미 만들어진 게 아니라 스스로 선택되는 것이다. 매처럼 힘찬 날갯짓을 하면서 새로운 일생을 살아가는 나의 삶을 대하는 태도를 바꿔보자. 새로운 인생이 나를 맞이할 것이다.

조금은 진지해질 필요가 있다

내가 글을 쓰고 책 보는 것을 좋아한다는 것을 지금까지 알지 못했다. 이력서나 내 소개를 할 때 취미란에는 항상 독서라고 적었다. 매번 독서라고 적은 그것이 지금 목표로 내 인생이 변화하고 있는 것일까.

비 오는 날을 좋아한다. 창가에서 창문을 타고 하염없이 흘러내리는 빗물을 보면서 책과 따뜻한 차를 마시는 생각을 한다. 상상이지만 그때 만큼은 진지하다. 내 인생에 대해서 진지하게 생각해 보는 시간은 없었다. 알람을 몇 번이나 끄고 일어나기 싫어서 몸부림치다가 짜인 시간 속에 직장에 나간다. 일이 바쁘지 않을 때도 내 마음은 늘 바쁘다. 매번 당연한 시간을 흘려보냈다. 혼자 조용히 넋 놓을 시간은 있었어도 나를 진지하게 돌아볼 시간은 없었다. 늘 분위기 메이커로 살아왔다. 어디를 가던 분위기를 띄워야 한다는 의무감에 잡혀 있다. 회식 자리에 가서도 내가 하고 싶은 대로 하지 못하고 회식 자리에 참석한 사람들에 술을 권하며 돌아다녔다. 분위기가 안 좋으면 불안했다. 그렇게 사는 내 인생에 습관이 되어버렸다.

바쁜 시간에 책을 읽는 건 사치라고 생각했다. 책은 여유 있는 사람들의 전유물이라고 스스로 규정 아닌 규정을 만들어 놓았다. 책을 읽으면 삶의 변화가 생긴다고 했는데 나도 책을 생각해보면 적게 본 건 아니다. 책을 읽었지만 무슨 내용을 언제 읽었는지 기억조차 없다.

그랬던 내가 지금은 사람들에게 독서와 글쓰기를 권유한다. 이제야 책과 글쓰기가 내 삶의 변화를 줄 수 있다는 걸 느끼기 시작했기 때문이다. 누군가 인생에 도움이 되는 말을 해주면 조금은 진지하게 생각해볼 필요가 있다. 독서에 관해서 조금 일찍 마음의 여유를 갖고 생각했다면 조금 더 빨리 내 인생의 변화를 느꼈을 텐데, 아쉬움이 남는다.

"직장에 가야 하므로 책 읽을 시간이 없어요. 인생의 경험이 없어서 글쓰기도 할 수 없어요."

이렇게들 말한다. 글 쓰는 것을 대단하게 생각한다. 이은대 작가님의 《내가 글을 쓰는 이유》에서 처럼 내가 쓰고 싶은 내용을 형식에 매이지 말고 그대로 적으면 된다. 잘못 썼다고 뭐라고 할 사람도 없다. 글을 쓰는 시간만큼은 나를 돌아볼 수 있고 앞으로 내가 살아야 할 길을 열어준다. 책 수만 늘릴려고 속독으로 필요한 내용만 본 적이 있다. 책을 보고 내 생활에 적용하지 않으면 변화가 없다. 그렇게 적용하면서 내가 원하는 삶을 살 수 있도록 좋은 습관을 만들고자 노력해야 한다. 저자가 말하고 싶은 것을 깊이 생각해 보고 나와 달랐던 경험이 내가 하고 싶은 것이라면 즉시 실행하고 내 것으로 만드는 연습이 필요하다. 반복해서 하다 보면 내 것이 된다. 생각이 바뀌면 행동이 바뀌고 행동이 바뀌면 습관이 바뀐다. 좋은 습관이 좋은 행동을 만든다.

새벽 4시에 주로 일어난다. 조금 늦게 잠자리에 들면 5시가 기상 시간이다. 알람에 의지해 마지못해 일어나던 습관이 이제는 알람이 필요가 없다. 오뚝이처럼 일어난다. 일어나면 물을 마시고 자연스럽게 노트북을 연다. 글쓰기를 시작한다. 처음에는 2시간을 앉아있어도 한 페이지 작성하기가 힘들었다. 그런데 이제는 한 시간만 하면 한 장은 거뜬히 적을 수 있다. 습관이 바뀌고 나니 내 주위에 만나는 사람들이 바뀐다. 누군가 일부러 도와주는 것처럼 이상하게 내가 만나는 사람마다 내 삶에 대해 진지하게 생각할 수 있는 시간을 주는 사람들이다. 책을 보고 하고 싶은 것을 적다 보니 내 인생이 자꾸 그런 쪽으로 다가갈 수 있도록 길이 열리는 것 같다.

강규형 대표님의 《성과를 지배하는 바인더의 힘》에 이런 내용이 있다.

'내가 자명종을 누르고 이불 속으로 기어들어 갈 때 그는 공원을 산책하며 하루를 설계한다. 내가 두 번째 자명종을 누르며 지겨워할 때 그는 아내와 아침 식사를 한다. 내가 겨우 일어나 치약을 짜고 있을 때 그는 아내와 웃음 띤 인사를 받으며 출근을 한다. 내가 허겁지겁 집을 나서 콩나물 전철 속에서 땀 흘릴 때 그는 한산한 전철에서 책을 읽고 회사에서 스케줄을 챙긴다. '누가 인생의 승자일지는 뻔하다.' 자명종을 누르기 전에 깨서 진지하게 나를 보는 시간을 가져 보는게 어떨까? 아침에 웃음 띤 얼굴로 가족을 대하고 여유 있게 직장에 가서 차를 마시는 시간을 가진다면 성공한 인생의 출발점이 될 것이다.

조용한 분위기는 나에게 맞지 않았다. 늘 즐겁게 지낼 생각만 했다. 내가 원하는 게 뭔지 생각할 틈이 없었고, 무작정 즐겁지 않으면 불안했다.

혼자 조용히 있는 시간은 죽은 시간이라고 생각했다. 특별히 할 게 없었으니까 그 시간이 싫었다. 아이를 돌보는 시간이나 가정을 잘 꾸려나가는 시간은 나에게는 쓸모없는 시간이었다. 회사 일과 관련이 되지 않은 시간은 아무런 의미가 없었다. 일하고 회식을 하는 시간만이 알찬 시간이라는 이상한 논리에 빠져 지냈다. 아이를 돌보는 시간이 없었던 게 후회되고, 다시 돌이킬 수 없는 후회로 남을 것이라는 것을 생각하지 못했다. 가정이 내게 얼마나 소중한지 한 번도 생각해 본 적이 없다.

강규형 대표님의 책 《성과를 지배하는 바인더의 힘》 내용 중에 이런 내용도 눈에 띄었다. '코카콜라 회장 태프트가 전 세계 직원들에게 보낸 신년 메시지를 보냈는데 우리의 삶을 저글링 게임에 비유했다. 저글링은 서커스에서 여러 개의 공을 돌려 차례차례 받아내는 것을 반복하는 묘기이다. 그는 유독 '일'이라는 공은 고무공이고 나머지는 유리 공에 비유한다. '일'이라는 공은 받지 못하고 떨어진다 해도 다시 튀어 오르지만, 건강, 가족, 자기 자신은 유리 공이라서 떨어뜨리면 긁히고 깨져 다시는 전과 같이 될 수 없다. 균형을 잡는 것이 결국 성공하는 삶을 사는 것이라는 교훈이다.' 나는 고무공에 비유되는 '일'에만 전념하고 살았다. 내 생활은 직장을 빼놓고는 아무것도 없었다. 일이 없어서 넋 놓을 시간에 깨지기 쉬운 유리 공에 대해서는 조금도 진지한 시간을 가져보지 못했다. 내 인생은 내가 결정하는데 하나도 결정 못 하고 이미 정해져 있다는 듯이 흘러가는 인생에 맞춰서 아까운 시간을 허비하고 있다.

젊을 때는 나이가 들어간다는 사실을 쉽게 인정하지 않는다. 눈에 보이는 당장 즐거움만 찾아서 즐긴다. 직장 때문에 얽매여 다른 생각을 하지 못할 시기에 젊은 사람들이 벌써 자기 인생을 찾아서 노력하는 사람들을 보면 대견하고 부럽다.

나는 왜 한 번도 내 인생에 대해 진지하게 생각할 수 있는 여유를 가지지 못했을까. 예전에 하지 못했다면 지금이 제일 좋은 시기이다. 지금을 놓치지 말고 내 인생에 대해서 진지해질 필요가 있다.

준비는 행복한 삶을 약속한다

남편과 포항까지 《파워오피스 정리력》 수업 들으러 갔다 왔다. 새벽 일찍 서둘러서 갔다가 저녁 9시가 넘어서 도착했지만 피곤하기보다는 보람찬 하루를 보낸 것 같아 마음이 뿌듯했다. 미래를 준비한다는 것이 이렇게 행복한 삶인 줄 몰랐다.

주말에는 몇 개월 전까지만 해도 방에서 꼼짝도 안하고 TV리모컨 싸움을 했다. 채널로 다투다 보니 안방에도 TV를 설치해서 한 명은 거실에서 한 병은 안방에서 지내다가 오후 3시 정도 되면 월요일에 출근할 걱정을 했다. 하는 것도 없이 빈둥빈둥 있다가 괜히 나쁜 기분, 가는 시간을 원망했다. 누가 강요를 하는 것도 아닌데 주말마다 같은 시간, 같은 행동으로 허무하게 시간을 보내놓고 우리는 서로에게 짜증으로 풀었다. 심지어 남편은 영화를 좋아하다 보니 영화를 다운 받아서 토요일 저녁부터 밤새보도록 보느라 눈물이 날 정도였다. 시청료도 평균 7~8만 원 나왔다. 매주 다음부터는 주말에 반드시 뭔가는 해야지 하는 다짐을 해보지만 특별한 일이 있는 날 외에는 늘 같은 모습이다. 열심히 일했으니 피곤해서 쉬어야 한다는 나름대로 합리화를 해놓고 쉰다. 그냥 쉬면 왠지 마음이 불안하고 쉬어도 쉬는 게 아니었다. 그래도 매번 쓸데없이 시간만 흘려보냈다. 이미 습관이 배여버린 상태여서 바꾸기가 쉽지 않았다. 아니 바꿔볼 노력도 안 했다. 내 인생은 이렇게밖에 안 되는 삶이라고 생각했다.

요즘은 주말마다 스케줄이 없는 날이 거의 없다. 집에 있어도 예전처럼 방에서 누워 있거나 그냥 시간을 보내는 일이 없다. 주말에도 일찍 일어나지 않으면 안 될 만큼 스케줄이 꽉 차 있다. 주일에 하고 싶은 일이 꽉 차 있고 마음이 즐거우니 월요병이라는 게 있을 리 없다. 매일이 축복이고 행복한 아침이다.

'하늘은 스스로 돕는 자를 돕는다는 것이 아니라' 이제는 '하늘은 타인을 돕는 자를 돕는다.'라고 했다. 배우고 익혀서 남들에게 전파하는 것이 내 삶의 가치도 올라간다고 한다. 그 말이 마음에 와 닿았다. 처음에는 많은 돈을 주고 배워서 직원들에게 그냥 가르쳐 주려고 하니 조금은 아깝다는 생각이 들었는데 지금은 아깝다는 생각보다는 사명감으로 전파해야겠다는 생각을 한다. 난 좋은 것을 알고 있으면 직원들이나 주위 사람들에게 알려주고 즐거움을 공유하고 싶다. 남들에게 공유하여 주위 사람들이 다 같이 기쁨과 행복을 누릴 수 있다면 좋겠다고 생각한다.

남편과 같이 공부를 시작하기 전에는 대화는커녕 싸우지 않으면 다행이었다. 집에 있어도 투명인간처럼 지냈던 우리가 같이 배우고 대화를 하며 서로의 생각을 나눌 수 있다는 자체만으로도 이런 시간이 얼마나 귀하고 소중한지 모른다.

우리는 진지하게 대화라고는 해본 적이 없었고, 대화 자체가 되지 않는다고 생각했다. 그러던 우리가 서로 미래를 얘기하고 현재 하는 일을 서로 격려해주고 도와준다. 작지만 소박한 꿈 얘기도 나눈다. 우리가 같이 버킷리스트를 기록하고 책을 쓰고 책을 접하게 됨으로써 원하는 방향의 관계되는 사람들과 만나서, 좋은 대화를 나누면서 현실과 멀다고 생각하는 내 꿈이 조금씩 이루어질 수 있다는 희망이 생긴다. 용기를 주는 사람들과 함께하면서 자신감도 생긴다. 우리는 서로에게 용기와 응원을 주고받는다.

나이 들어서도 제2의 인생을 사는 사람들은 나와는 거리가 먼 이미 정해진 특정 부류의 사람들이라고 생각하며 살아왔다. 이제는 꿈이 생기고 준비하는 삶을 살고 있다. 준비하는 삶은 행복을 안겨다 준다. 준비하는 시간은 조금은 바쁘고 때로는 힘도 들지만, 마음은 늘 행복하다. 내가 하고 싶은 일을 찾아서 한다는 건 좋은 일이다. 아무 희망도 없이 의미 없는 나날을 보내는 것과는 비교가 안 된다.

독서 리더 과정을 남편과 같이 갔다. 전국에서 많은 사람들이 왔다. 대학생부터 우리보다 조금 나이가 더 들어 보이는 사람도 있었다. 모두 준비하는 삶을 위해서 모인 것이다. 지향하는 바가 비슷해서인지 금방 친해졌다. 생각해보니 독서 기본 과정을 들은 지 이제 2달밖에 되지 않았는데 나에게 너무 많은 변화가 있었다. 기본 과정만 들어도 예전과는 다른 삶을 살고 있는데 독서 리더 과정을 받고 난 뒤 내가 어떻게 변하고 더 성장할지 생각을 하는 것만으로도 가슴 벅차다.

첫째 날 수업을 자정이 넘도록 했다. 직장에서 이렇게 수업을 했으면 다들 죽겠다고 난리가 났을 것이다. 새벽부터 멀리서 온 사람들이 많아서 피곤할 만한데 아무도 지친 기색이 없었다. 새벽 3시 좀 넘어서 출발해서 오전 8시 45분까지 등록을 마치고 9시부터 수업 시작해서 밤 12시 반까지 했다. 지금까지 있었던 교육 중에 이런 교육이 한 번도 없었다. 교육을 마치고 숙소를 갔는데 룸

메이트가 20대 아가씨 두 명이었다. 아직 어린데도 미래의 꿈이 명확했고 성격도 밝았다. 그들을 보면서 우리 아들들도 이런 교육을 받고 성숙해졌으면 좋겠다는 생각이 들었다.

역시 준비하는 인생은 행복한 삶이 될 수밖에 없다는 생각을 했다. 아무것도 안 하는 것보다는 준비하고 시도한다는 자체가 행복이다. 우리는 보통 해보지도 않고 미리 '할 수 있을까'라는 고민을 하고 그냥 포기해 버린다. 무슨 일이든지 마음이 가는 일이면 해 보고, 안 되면 안 하면 되니까 무조건 시도해야 한다. 망설일 이유가 없다 안 해보면 기회조차 없다. 기회는 올 때 가져야 한다.

나만을 위한 시간을 즐길 수 있는 것이 얼마나 행복한 일인지 느껴본 사람은 알 것이다. 시간은 모든 사람에게 공평하게 주어진다. 공평하게 내려진 선물을 알차게 보내는 사람이 있지만 허무하게 보내는 이들도 많다. 혼자서 하기 어렵다면 돈을 주고라도 배우자. '세상에는 공짜가 없다.'라는 말이 있다. 시간과 돈을 투자해야 더 잘할 수 있다. 자기 돈을 투자해서 배우는 게 공짜로 배우는 것보다 더 열심히 배운다. 돈이 아깝다고 생각하지 말고 자신에게 투자할 수 있으면 더 늦기 전에 투자해서 행복한 삶을 약속 받는 게 좋지 않을까.

세월은 가면 다시 오지 않지만, 돈은 나중에라도 모으면 된다. 준비는 여유가 있고 편한 사람들만이 할 수 있다고 말하는 사람들이 있다. 교회 목사님 설교 말씀이 생각난다. 아무리 괴롭고 힘든 시간이 있더라도 그것을 은총의 시간이라고 생각하라고 했다. 힘든 일도 은총을 받기 위한 준비 단계로 생각하자.

남편이 매일 새벽까지 술 마시고 카드대금은 월급보다 더 많이 긋고 다닐 때도 난 남편이 좋다고 자랑만 하고 다녔다. 같은 사무실은 아니어도 같은 우체국에 다니고 남편은 또 우정청에서 근무하다 보니 우리가 부부라는 사실을 모르는 사람들이 없었다. 그렇다 보니 남편 욕을 할 수가 없었다. 집에는 관심도 없고 흥청망청 사는 남편과 한때 이혼하고 싶다는 생각을 할 때도 있었다. 그렇지만 이미 너무 좋게 포장된 남편이라서 사람들이 나만 욕할 것 같았다. 하물며 친정 언니도 '정서방 같은 사람이 어딨노?' 할 정도였다. 친정에도 직장에도 남편은 완벽한 착한 남편으로 만들어 놨다.

어쩌면 그것이 지금의 행복한 나를 위해 무의식중에 준비한 게 아닐까 하는 생각이 든다. 좋은 기회든, 나쁜 기회든 기회가 왔을 때 잡아야 한다. 내가 준비되어 있어야 잡을 수 있다. 준비되어 있지 않다면 아깝게 온 기회를 놓칠 수밖에 없다. 그때 준비해 놓을 걸 하고 후회해 봤자 아무 소용이 없다. 마음속에 하고 싶거나 배우고 싶은 게 있다면 과감하게 투자해서 알 수 없는 미래를 위해 꾸준히 준비하자. 준비하는 자만이 새로운 미래를 잡을 수 있고 행복한 삶을 약속받을 수 있다.

잊고 있었던 내 꿈을 찾아서
행복의 희망을 가져보자

《하루 1시간 책 쓰기의 힘》에 이런 내용이 나온다. '돈을 잃어도 다시 찾을 수 있지만, 시간을 잃어버리면 돌이킬 수 없다.' 자기계발을 위해 든든한 미래를 준비하면서도 지금의 업무까지 즐거울 수 있다면 자신에게 투자하는 시간과 비용이 아깝지 않을 것이다. 명목상 자기계발이 아닌 진짜 자기계발을 시작해라. 바쁜 업무 중에서도 자기계발을 안 해온 건 아니다. 야간대학교도 다니고 일본어 학원도 다녔다. 진짜 자기계발이 아니라 남에게 보이기 위한 자기계발을 했다.

내 꿈이 뭔지 진심으로 내가 하고 싶은 일이 무엇인지 생각해 본 적이 없었다. 우연히 독서를 하면서 내 꿈을 적어봤고 미래를 생각해 보게 됐다. 세월이 해결해준다는 말은 게으른 사람들에게 합리화되는 말뿐인 것 같다. 세월이 간다고 저절로 내 꿈이 이루어지는 것은 아니다. 꿈을 생각하는 것도 찾는 것도 내가 해야 할 일이다. 꿈을 꿔야 찾을 수 있다. 꾸지도 않는 꿈을 세월이 찾아줄 수는 없다.

요즘은 내가 하고 싶은 일을 한다. 이젠 아침이 행복할 뿐만 아니라 직장에 출근하는 것도 재미있다. 책에서 본 것, 깨달은 것을 하나씩 적용해 보는 것도 재미있고 그것이 성과로 나타나기 시작했다. 난 직원들에게 얘기한다.

"CS를 하는 것도 고객을 위해서가 아니라 본인 자신을 위해서 해보세요."

내가 필요해서 하는 것과 강요에 의해서 하는 것은 차이가 크다. 직원들은 즐겁게 CS 시간을 잘 따라줬고 평가도 좋게 나왔다. 변화는 내가 변해야 한다. 강요하거나 남을 위해서 하는 것은 효과가 없다. 각자의 건강을 위해서 스트레칭을 하는 시간을 가졌고 본인 스스로 장점을 모르는 부분이 있는 것 같아서 5가지의 장점을 적어서 직원들에게 건네줬다. 내가 아는 나와 타인이 보는 내가 다를 수가 있다. 내가 몰랐던 나를 발견함으로써 다른 꿈이 생길 수도 있다. 꿈을 발견하고 미래를 준비하는 시간을 갖는다는 것은 미래뿐만이 아니라 현재의 나를 변하게 하고 즐겁게 한다. 새벽에 일어나서 글을 쓰면서 초등학교 들어가기 전의 내 모습부터 그대로 기억할 수 있는 귀한 시간을 만들어 준다. 지금까지의 삶을 꾸밈없이 돌아볼 수 있었다. 반성도 하고 울기도 하고 스스로 칭찬도 해준다. 물론 원망도 하면서, 내가 글을 쓰지 않았다면 내 인생을 이렇게 돌아보고 생각할 수 있는 시간이 있었을까.

남에게 보이기 위한 독서를 했고, 불행했던 일도 늘 행복한 것처럼 보이려고 애써왔고 이렇게 솔직하지 못했던 내 지난 시절을 보고 스스로 위로하고 잘했다고 격려도 했다. 자신을 돌아보는 시간을 가질 수 있다는 게 얼마나 좋은 일인지 누구나 다 경험해 볼 수 있으면 좋을 것 같다. 글을 쓰면서 나는 내 인생을 숙제처럼 살았던 것을 알았다.

하기 싫어도 해야만 하는 숙제였으니 진정한 행복을 느껴보지 못했다. 행복을 느껴도 내 인생, 불행을 느껴도 내 인생, 다른 어떤 것도 내 인생으로 내 속에는 들어오지 못한다. 내가 말하는 대로 내가 생각한 대로 남들은 나를 판단하고 남들을 위해서 늘 숙제 같은 인생을 힘들게 살아가는 것이다. 이래도 한세상, 저래도 한세상이면 하고 싶은 일을 한 번 해보는 것도 나쁘지 않을 것 같다.

잊고 있었던 내 꿈을 찾아서 행복의 미래를 꿈꿔보자. 내가 진정으로 하고 싶은 일이 무얼까. 내 꿈을 종이 위에 적어보는 시간을 가져보자.

내 꿈은 직장동료나 나를 아는 모든 사람이 아까운 시간이 더 가기 전에 준비하는 삶에 대해 가르쳐 줄 수 있는 시간을 갖는 것이다. 경력보다는 경쟁력을 키우는 사람들이 되기를 원한다. 남들에게 좋은 꿈을 심어주고 싶다면 내가 공부를 많이 해야 한다 삶을 갈망하고 있는 사람들에게 설득력 있게 꿈을 키워주고 싶다면 내가 대충 살면 안 된다는 생각이 든다. 동기부여를 해서 나처럼 나이가 많이 들어서 후회하는 삶을 살지 않도록 선한 영향력을 미치고 싶다.

남편과 이렇게 얘기했다. "우리 너무 바쁜 거 아니냐. 이래 살아도 되나?" 하면서 서로를 쳐다보며 행복해한다. 우리가 어떻게 꿈을 얘기할 수 있는 건지 신기하다. 불과 3개월이라는 짧은 시간이다. 그 짧은 기간이 30년보다 소중하다. 그동안 한 번도 내 꿈에 대해 찾아보려고 한 적이 없었다. 이제 그런 꿈을 찾고 도전하고 싶어 바쁘게 사는 매일이 신기하기만 할 뿐이다.

오늘 독서 리더과정 SMRT 과정이 있었다. 우리 조는 울산에서 했는데 다른 약속이 있어서 참석 못 하고 남편 조의 일정에 따라나섰다. 1박 2일의 리더과정을 마치고 일주일 만에 만났다. 매일 본 다른 어떤 사람들보다 만남이 반가웠다. 4시간이라는 시간이 언제 흘러가 버렸는지 모를 정도로 수업이 재밌었다. 잊고 있었던 내 꿈을 꾸고 준비를 하는 시간이 꿈만 같다. 이제는 버려야 할 시간이 아니라 채워야 할 시간으로 가득 차고 있는 것을 느끼면서 하루하루를 보낸다.

꿈을 실현하기 위해 하나씩 준비하고 있다는 자체만으로 뭐라 형언할 수가 없다. 열심히 노력해도 나에게 기회가 오지 않더라도 준비하는 과정만으로도 충분히 행복하고 기쁘다. 인생을 그냥 흘려보내면서 살 것인지, 채워가면서 살 것인지는 내가 결정한다.

괴테는 "가장 중요한 일들이 별로 중요하지 않은 일들에 의해 좌우되어서는 안 된다."고 말한다.

인생은 이미 짜인 각본대로 산다고 생각하고 가장 중요하게 생각하여야 할 일들이 그렇지 않은 일들에 의해 좌우되지는 않는지 한번 생각해 보자. 인생 중 가장 잊고 지내면 안 될 내 꿈을 찾아서 채워나가는 게 행복의 희망을 찾는 삶이다.

후회가 남지 않는
아름다운 인생을 위하여

결혼은 해도 후회, 안 해도 후회니 해보고 후회하는 게 낫다는 말을 흔히 한다. 결혼과는 달리 시간은 한 번 가고 나면 돌아오지 않으니까 살아보고 다시 살수는 없다. 돌이켜보면 후회되는 일이 많다. 제일 후회가 남는 일이 가족이다.

작은언니가 부모 역할을 했다. 오빠와 나는 언니의 도움으로 공부도 할 수 있었다. 오빠는 포항에서 동지상고를 졸업하고 서울대학교 상대를 갔다. 졸업하고 공인회계사로 일한다. 공인회계사에 얽힌 에피소드가 있다. 우리 큰집은 시골에 있다. 오빠가 서울대를 졸업하니 판사나 검사가 될 줄 알았나 보다. 공인회계사 한다고 했더니 실망한 목소리로 "그건 우리 동에도 몇 개나 있는데…." 실망한 목소리를 냈다. 아마 공인중개사와 착각을 한 모양이다.

오빠와 나 둘은 그래도 내가 중학교 때까지 한 방에서 같이 자고 먹고 지냈는데 지금은 얼굴 보기도 힘들다. 조카들은 바로 옆에 지나가도 얼굴도 모를 지경이다. 작은언니는 별로 멀지 않은 곳에 살아도 명절 외에는 얼굴 보기가 힘들다. 언니는 늘 동생들을 먼저 챙긴다. 일이 있으면 먼저 연락하고 성질이 급한 것으로 화는 잘 내지만 마음은 약하다.

큰언니는 부산에 살다가 아들이 있는 포항으로 이사했다. 내가 제일 부러운 것 중에 하나가 형제들끼리 만나서 얘기하고 밥 먹고 잘 지내는 것이다. 우리는 만남에 익숙하지 않다. 어릴 때부터 떨어져 살아서 그런지 다른 식구들처럼 일부러 만나서 여행가는 일도 없다.

우리 남편도 마찬가지다. 요즘은 자주 가족들이 생각난다. 큰언니는 무엇을 하는지 있는데 아프지나 않은지, 작은언니는 내가 챙겨야 할 사람이다. 이제 우리의 자식들이 결혼할 시기다. 얼굴을 보면서 잘 지내야 되는데 아직도 모두 바쁘다. 시간이 더 가기 전에 가족들을 먼저 챙겨야겠다는 생각이 든다. 지금까지 대체 무엇을 하며 살았는지 챙기고 살아온 게 없다. 내 가족도 잘 챙기지 못하면서 나에게 관심도 없는 남들 눈치 보느라 살아왔다. 이젠 내 가족과 나를 위해 쓸 시간이다.

우리는 전부 자기 관점에서 벗어나지 못한다. 내가 다른 사람에게 피해를 주지 않는다면 남 눈치 보지 말고 하고 싶은 것을 하라고 한다. 책을 읽으면서 몇 번 공감한다. 하지만 공감과는 별개로 돌아서면 난 또 다른 사람들에게 초점을 맞추어 생활한다. 제일 중요한 건 나를 사랑하는 것이고 나를 사랑하는 것은 내가 하고 싶은 일을 찾아서 꿈을 찾아서 행복하게 하는 것이 나를 사랑하는 것으로 생각한다.

강규형 대표님의 강의시간에 기록에 대해 이렇게 언급했다. 우리가 메모하는 것은 잊지 않기 위해서가 아니라 잊어버리기 위해서라고 했다. 사소한 것은 메모해놓고 보면 되는데 그것까지 기억하고 살기에는 시간이 아깝다는 말이다. 우리에게 주어진 이 매초의 시간은 선물이고 헛되이 보내면 안 되는 귀한 시간이다.

우리는 어떻게 보내야 할까. 아직도 생각해 봐야 한다는 생각을 하고 있는

가. 가장 좋은 시간은 지금인 것 같다.

시간이 나에게 주어질 때 헛되이 쓰지 말고 시간 관리를 하며 즐기고 꿈을 꿀 수 있어야 한다. 사람들은 해야 할 일을 당장 하기 보다는 내일부터 아니면 저녁부터 약속을 미룬다. 오늘 하면 힘든 일을 내일 한다고 쉽게 되는 것은 아니다. 술을 즐겨 마시는 남편은 7월부터 술을 끊겠다고 하고 만약 술을 마시면 1,000만 원의 벌금을 내겠다고 공표했다. 술을 끊어야 하면 생각한 날 바로 끊어야지 왜 보름 뒤에 마음을 정하는 것이진 이해가 안 됐다. 나중으로 미룬다는 것은 안 하는 것과 같다.

학교 다닐 때 이런 경험이 있을 것이다. 내일 시험인데 저녁 먹고 해야지. TV 한 프로만 보고 해야지. 조금만 누웠다가 해야지. 자고 새벽에 일찍 일어 나서 해야지. 이러다가 아침에 남는 건 후회뿐이다. 남편은 7월부터 술을 못 마신다고 이번 주에 하루도 빠짐없이 술을 믹;고 퇴근했다. 이유는 술과의 이별주라고 했다. 과연 남편이 술을 끊을 수 있을 것인가 의문이 갔다.

남편과는 술로 인해 안 좋은 추억이 많다. 그 술을 아직도 마음먹은 대로 끊지 못한다는 사실에 남편이 미웠다. 의지력도 없고 매사에 즉흥적으로 즐거움만 찾아서 보내는 이 현실이 좀 고쳐지길 원했다.

남편은 술과 가족 중 택하라고 하면 아마 술을 택할 것이다. 가족은 없어도 살 수 있지만, 술이 없는 인생은 상상할 수 없을 정도로 애주가다. 그 좋아하는 술을 끊겠다고 생각을 할 수 있게 해준 것은 독서다.

독서를 하지 않았더라면 남편은 예전처럼 지금도 허우적허우적거리고 살 것이다. 그러면서 일이 정말 바쁘다고 신세한탄만 하고 있을 것이다.

후회가 남지 않는 아름다운 인생을 위하여 남이 아닌 오롯이 나를 위한 인생을 찾아서 출발하자.

마치는 글

3년만 하고 학교에 복학하기로 하고 시작한 직장생활이 30년이 지났다. 돌아보면 후회 없이 열심히 일했다. 가는 곳마다 좋은 분위기에서 우수한 성적을 거두었다. 6급까지는 열심히 한 만큼 승진도 원활히 잘 되었다. 큰아들이 어릴 때 폐렴으로 입원했는데도 내가 없으면 우체국이 안 돌아가는 줄 알고 병원은 다른 사람한테 맡겨두고 연가 한 번 안 쓰고 다녔다. 그러다가 5급 사무관 승진을 할 시점에 잘 받고 있던 근무평정이 남편이 사무관이라는 이유로 근무평정을 아래로 내려버렸고 승진이라는 꿈을 꾸지도 못하게 되어버렸다.

나는 사람들이 많은 곳에서 일하는 총괄국에서 근무하는 것을 좋아했으나 승진이 안 된다는 이유로 총괄국에 근무도 못 하고 6급 국에 국장으로 발령을 받아갔다. 많은 인원이 승진이 되다 보니 근무평정 2위까지 될 수 있다는 소문이 돌았고 약간의 희망이 생겼고 포기하지 않았다. 그런데 어느 날 나보다 경력이 늦은 다른 사람을 또 내 위에 평정을 줬다. 어차피 승진되지 않는데 다른 사람이 손해를 보지 않게 하려고 총괄국장이 내린 지시인 것 같았다.

억울했지만 하소연할 곳도 없었다. 공무원이다 보니 행동에도 한계가 있었다. 열심히 일한 보람이 이렇게 무너지니 허탈하기 짝이 없었다. 이제는 열심히 일해도 재미도 없었다. 목표라고 생각한 것이 무너지고 나니 나에게 남는 게 없었다. 노력한다고 되는 것도 아니고 목표가 없는 인생이 이런 거구나 느꼈다. 일하다가도 그런 생각만 하면 이해가 안 되고 회의가 느껴졌다. 그렇다고 이렇게 힘 빠져서 방황만 하기에는 나 자신이 비참했지만 내가 할 수 있는 일은 아무것도 없었다.

우울하게 보내기엔 나 스스로 시간이 너무 아까웠고 즐겁게 보낼 방법을 생각했다. 날 포함해서 5명의 직원들을 위한 점심을 준비하기로 했다. 바쁜 직장 생활로 음식을 별로 해본 경험이 없는 나는 핸드폰으로 요리법을 보고 반찬을 하나씩 만들어보기로 했다. 생각보다 맛도 있었고 2년 동안 밥을 하면서 음식 솜씨가 많이 늘었다. 집에서는 한 번도 못 해본 팥죽까지 끓였다. 그렇지만 해볼수록 음식하는 건 힘들고 적성에 맞지 않는다는 생각이 들었고 요리에 대한 꿈이 사라지니 다시 우울해졌다.

그러던 중 남편이 쓰고 있는 3P 바인더를 우연히 보게 되었고 지금까지와 다른 바인더를 보고 새로움을 느꼈고 인터넷에서 바인더를 사서 사용하면서 시간 관리, 자기 관리가 조금씩 되기 시작하였다. 독서 기본 과정을 듣고부터 이제는 내 꿈에 대해서 생각하게 되었고 삶의 변화가 시작되었다. 몇 년 동안 우울했던 내가 언제 그랬냐는 듯이 새로운 바인더의 작성과 독서로 내가 하고 싶은 꿈을 찾게 되었다.

독서 모임인 단무지를 알게 되었고 단무지에 참석하면서 삶의 변화로 성공적인 삶을 사는 사람들의 강연을 들으면서 나의 버킷리스트를 적었다.

'3년 후에 내가 이 자리에서 발표하자.'

이후로 내 생활은 활력을 찾았다. 연간 계획부터 월간, 주간, 일간 계획을 짜면서 지금까지 느껴보지 못했던 감정의 변화가 생기고 집부터 서서히 바뀌기 시작했다. 집에 있는 TV도 중고시장에 팔고 거실, 안방, 작은방, 부엌 등 모든 곳에서 앉으면 책을 볼 수 있도록 모든 불을 엘시디로 다 바꿨다. 이제야 정년 후 더 살아가야 할 인생에 대해서 생각해 보는 시간을 갖게 되었다.

만약에 내가 사무관이 정상으로 됐으면 그대로의 생활에 젖어서 은퇴 후 남아있을 긴 시간을 생각해볼 겨를도 없었을 텐데 차라리 전화위복이라고 해야하나?

10년도 남지 않은 은퇴 후 생애 설계를 이제 하려고 하니 조금 늦었다는 생각이 들면서도 지금이라도 준비할 수 있게 되어서 감사한 생각이 들었다. 지금까지 한 번도 내 인생에 대해 진지하게 마주하지 못했던 것이 후회되면서 나와 같은 길을 걷고 있는 누군가에게 현실에 안주하지 말고 내가 하고 싶은 꿈을 찾아서 미리 준비하라는 메시지를 꼭 전하고 싶다. 100세 시대의 제2의 인생준비는 늦어도 10년이라는 시간이 필요하다. 이제부터는 경력보다는 경쟁력을 갖추고 멋진 인생이 되기를 바란다.